「あ、あなたは、冒険者なの？」
「無職だが？」
職業無職の俺が冒険者を目指すワケ。

「一つだけ、目標がある。
……友達が欲しいんだ」
マルス・ルイーナ
山中で魔物を狩ってひとり生活していた職業無職の少年
「よく言われるんだよね、
でも、僕は男の子だよ？」
エリル・ハイネスト
ユーピテル学院2年生。女の子と間違えられることもある美少年

「友達だけじゃなくて、恋人を作ったっていいのよ」
「必ずラフィのことを好きになってもらいますよ！」
ラーニア
ユーピテル学院教官。“炎獄の紅《インフェルノ》”という二つ名を持つ冒険者でもある
ラフィ
ユーピテル学院2年生。積極的で感情表現豊かな兎人《ラビット》

「では、とりあえず脱ぎます！」
ラフィは首元に結ばれていた
赤いリボンを外し制服の上着を――

職業無職の俺が冒険者を目指すワケ。

著：スフレ
絵：猫猫 猫

口絵・本文イラスト
猫猫 猫

装丁
木村デザイン・ラボ

プロローグ　そもそもの切っ掛け

まず、そもそもの切っ掛けになった話をしよう。

※

「あ、あなたは、冒険者なの？」

魔物《モンスター》に襲われていた妙齢の女を助けると、いきなり冒険者なのかと聞かれた。

「無職だが？」

俺は魔物の毛皮を剝《は》ぎながら、彼女の問いに答えた。

「ムショク？　そんな冒険者ギルドあったかしら？　随分と戦い慣れてるみたいだけど……」

「いや……」

そもそも冒険者ギルドに入っていれば無職ではないだろ。と言おうとしたのだが、面倒なので言い返すのをやめた。

「仕事は？」

「してない。無職だって言ったろ？」

「ムショク――って、まさか無職ってこと⁉　あなた、普段の食事はどうしているの？」

「魔物や動物を狩って、その肉を焼いて食ってるぞ？」

「魔物の肉……？」

不思議そうに女が聞き返した。

もしかして、魔物の肉の価値を知らないのかもしれない。

「知らないのか？　栄養価の高い魔物だっているんだぞ？　馬鹿にできたものじゃないんだ」

俺が熱心に語ると、女は頭を抱えた。

「……あなた、見たところまだ十代よね？　キメラを倒した事を考えれば、確かに実力はあるみたいだけど……あなた親御さんは？」

「いない。親代わりはいたが、一年前に他界した」

「……ごめんなさい。悪いことを聞いたわね」

「気にすることはない。じゃあ、俺はもう行くから」

毛皮を剝ぎ、魔物の肉をさばき終えた俺がこの場を離れようとすると。

「――待って！」

女は俺を呼び止めた。

「あなた、身寄りはないのよね？」

「……ああ。今は一人で暮らしているが、それがどうかしたのか？」

俺の言葉に女は少し考えるような素振りを見せた。

しかし直ぐに答えは出たようで。

「なら、提案があるの！　あなた――冒険者を目指してみる気はないかしら？」

※

この一言が、全ての始まり。

あの時この女を助けなければ、俺は生涯、一人で何の面白みもない人生を送り一生を終えていたのだと思う。

だから、今ではこの出会いに感謝している。

この出会いを切っ掛けに、職業無職の俺が冒険者候補生として冒険者育成機関――王立ユーピテル学院に通うことになり、かけがえのないものを見つけることになったのだから。

第一章　冒険者育成機関――王立ユーピテル学院

早朝から随分歩いてきたが、まだ日の高いうちに目的地に到着できた。

（それにしても、凄《すご》い場所だな……）

目の前に広がる広大な敷地は、壮観な噴水と美しい庭園で色鮮やかに彩られているが、一番衝撃的なのは、見るだけで圧倒される荘厳な巨城が聳《そび》え立っていることだった。

（……ここには王様でも住んでいるのだろうか？）

とてもじゃないが、ここは冒険者を育成する為の学院とは思えない。

俺自身、もっと質素で安っぽい建物を想像していたのだ。

（こんな建物じゃ、冒険者を育成するより貴族がダンスをしている方がよっぽどお似合いだな……）

そんな皮肉めいたことを考えていると。

「あの、どうかしましたか？」

優しい声音が聞こえて目を向けた。

門の中――作り物のように美しい銀髪を靡《なび》かせた人間《ヒューマン》の少女が、巨城を見上げる俺に不思議そうな眼差しを向けていた。

（……いや……少女ではなく少年か？）

よく見ると男物の服を着用しているが、少女と見紛《みまが》うくらい、少年の顔立ちは中性的だったのだ。

「ここの生徒ではないですよね？　もしかして、冒険者の方ですか？」

上から下に、下から上に視線を流した後、少年の凜々《りり》しい銀の双眸《そうぼう》が俺の顔を見つめた。

柔和な顔立ちをしているが、その瞳《ひとみ》は意志の強さを感じさせる。

だが、力強さの割にキツさはなく、どちらかといえば真面目で真摯《しんし》な印象を受けた。

非常に整った、整い過ぎていると言っていいくらいの容姿は、男女問わず見る者を惹《ひ》きつける。

一言で少年の容姿を喩《たと》えるなら、物語の中の王子様と言ったところだろうか？

印象的過ぎる美しい銀の長髪は紐《ひも》で結ばれており、太陽光を浴びて宝石のように煌《きらめ》いている。

服装もだらしなさなど微塵《みじん》もない。

白を基調とした上着のボタンを上から下までしっかりと留めており、少年が真面目で誠実な人間であることが伝わってくるようだった。

「あの、何か……？」

（おっと……）

思わず凝視してしまっていたようで、銀髪の少年の表情に戸惑いが浮かんでいた。

「悪い、他意はないんだ。どうも都会は不慣れでな。どこを見てもあまりにも壮観だったから思わず惚《ほう》けちまった。一応、今日からここの生徒になる——マルス・ルイーナだ、宜《よろ》しく頼む」

軽く自己紹介を済ませると。

「あ……君がマルス君なんだね」

意外なことに、ここに来たばかりの俺を少年は知っているようだった。

「俺を知っているのか？」

「うん。だって僕は――」

眉目秀麗《びもくしゅうれい》の少年が何かを言おうとした時。

「エリル、こんなところに居たの？」

穏やかな声が少年の言葉を遮り、少年は振り向いた。

「あれ、ミリリカ？　どうかしたの？」

「もう、どうかしたのじゃないでしょ。まだ教室に戻って来ないから探しに来たんだよ」

ミリリカと呼ばれた茶髪の少女が、少年――エリルの手を摑《つか》み、引っぱった。

「あ――ちょ、ちょっと待ってよミリリカ」

「遅刻する前に、教室に戻ろう」

そのまま連れ去られようとしていたエリルが。

「ま、マルス君――ラーニア教官を呼んでくるから、もうちょっとだけそこで待ってて」

去り際にそんなセリフを残していった。

だが、彼の言葉を信じるのであれば、これで学院の中に入れそうだ。

そう思いながら、俺をここに呼んだ女の到着を待っていると……。

「マルス！」

少しして、門の向こうから気の強そうな声音に名前を呼ばれた。

「ラーニア、約束通り来たぞ」

俺の目の前に腕組して立っている赤髪の女は、俺をこの冒険者育成機関『王立ユーピテル学院』に呼んだ張本人だった。

どうやらこの学院の教官という話は嘘ではなかったようだ。

もしあの話が真っ赤な嘘だったら、俺は門の前で佇《たたず》むただの変人だったろう。

そんなことを思いながら、内心苦笑していると、ゴゴゴ――と、重々しく門が開いた。

ようやく学院の中に入れるらしい。

さっきの美少年に感謝だ。

彼がいなければ、俺は暫《しばら》く立ち惚けていることになったかもしれない。

この学院に入れれば、また会う機会はあるだろうか？

もし会えたなら礼の一つでも言いたいが――。

「早速で悪いけど、学院長に紹介するから付いてきなさい」

「了解」

言われるままに、俺は彼女の後に付いていった。

「学院長室まで結構歩くから、その間に冒険者育成機関について簡単な説明をしておくわね」

広大な敷地を歩きながら、ラーニアは口を開いた。

「まず一つ、念を押して言っておくけど、ここは一般の教育機関ではなくて、冒険者の育成機関よ」

「それはわかってるって」

俺自身、まともな教育機関に身を置いたことがあるわけではないが、この大陸には冒険者を育てる機関があるというのは知っていた。

「冒険者育成機関――ユーピテル学院。ここクルクアッド大陸に十校ある冒険者育成機関の一つ。設立されたのは神暦五百九十六年。ちなみに現在が八百八十六年だから、およそ三百年前には設立されていたことになるわね。さて、そもそも学院がなぜ設立されたかという話だけど――」

巨城まで一直線に歩くラーニアは、流暢《りゅうちょう》に説明を続けた。

教官などという職業に就いているだけのことはあるようで、すらすらと言葉が出てくる。

「今でこそ国家間の情勢は落ち着いているけれど、数百年以上前には、大陸中を戦乱の渦に巻き込む戦争があったの。大陸は五つの国に分かれているのを知っているわよね」

「今初めて知ったぞ」

「そうね、知っていてと――って、知らないの⁉　子供でも知ってる常識よ？」

「そうなのか？」

「……あんた、この学院にいる間に少し一般常識も身に付けなさい」

わざわざ足を止め、俺に振り返って真剣な眼差しで諭された。

なんだか本気で心配されているようで、俺の親にでもなったつもりなのかもしれない。

いや、この学院においては間違いなく保護者に近い存在ではあるのだろうけど。

「とにかく、五つの国同士の戦争——五国戦争は十年も続いたの。この国では、戦争が始まった理由は一つの国が大陸を統一する為に動き出したことが原因とされているけれど、この辺りは国によって見解が違うらしいから話を省くわ。結果、十年も戦い続けたことで国は疲弊し国力は激減。国内の防備すら容易でなくなった各国は、停戦協定を結ばざるをえなかった」

「最初に戦争を起こした国の王様は大馬鹿だな」

率直な意見を言うとラーニアは苦笑して、そして再び歩き出した。

「この学院は国の出資によって生まれたの。失った国力を再び増強する為に国が立てた政策が冒険者の育成。騎士団ではなく冒険者とした理由は、戦争の道具ではないというスタンスを取る為なんて言われてるわ。それと、戦争により親を亡くした孤児が溢《あふ》れていたから、厳しい環境下で国の為に戦う冒険者を育成するには都合が良かったんでしょうね」

「今は戦争は起こってないんだろ？　だったら冒険者の役割ってのはなんなんだ？」

冒険者がこの大陸にいることは、当然俺も知っている。

だが、今戦争が起こっていない以上、冒険者は役に立ちようがない。

「国の役に立つことよ。さっきは冒険者を戦争の道具と言ったけど、それは裏の話。表向きの理由は当然あるの。冒険者っていうのは冒険者ギルドに正式に所属している者たちのことね。ギルドから正式に発行された免許《ライセンス》を持っていなければ冒険者ではないの。過去には免許を持たず冒険者を名乗っている者たちもいて、そういう冒険者は野良《のら》なんて呼ばれてたわね」

「野良？　その野良だと何か問題があるのか？」

「冒険者ギルドには国や住民から様々な依頼《クエスト》が発注されるの。素材集めなんて素朴なものから、国に指定されている危険度の高い魔物の討伐や、踏破されていない迷宮《ダンジョン》の探索、さらには国家機密を取り扱うような依頼もある。それらを達成することで、冒険者ギルドから報酬が出る。野良だとその依頼を受けることすらできないわ」

「冒険者として何もできないってことか？」

「そういうこと。最大の違いは、冒険者ならランクに応じて一月に一度給金が出ること。最も上のAランクの冒険者なら、一度の給金で一年は遊んで暮らせるだけのお金が手に入るわよ」

（……正直、金銭などなくても生きていけるので、それがどれほど凄いのかはわかりかねるが）

ラーニアの口ぶりから察するに、野良でいる利点はほぼないと考えていいのだろう。

「この冒険者育成機関を卒業することで、ギルドに所属する資格を得られるの。成績優秀者であれば、大手冒険者ギルドから声が掛かるわ。そうすれば晴れて冒険者としての免許《ライセンス》が発行される」

「卒業すれば必ず冒険者になれるわけじゃないんだな」

「ええ、卒業すれば職を得られるわけでないのは教育機関と同じよ。授業の危険度は全く違うけれどね。冒険者育成機関《ここ》は生徒同士で実戦をさせたりもするから」

「この学院は、生徒同士に殺し合いをさせてるってことか？」

「実戦と言っても、殺しは禁止。勿論《もちろん》、生徒同士の実力が拮抗《きっこう》している場合、手加減なんてできないでしょうから不慮の事故が起こることもあるわ。でも、即死しなければある程度は治癒魔術でなんとかなるから安心なさい」

冒険者を育成する機関だけあって、その辺りは万全ということか。

余程優秀な治癒魔術の使い手がいるのだろう。

「それと、あんたの実力を買ってこの学院に来てもらったけど、ここが競争社会である以上、強者は羨望《せんぼう》の対象であると共に、嫉妬《しっと》の対象にもなり得るわ。それが原因で生徒同士のトラブルに発展したとしても、あたしら教官は極力手を出さないことになってるから、煩わしいようなら自分の実力でなんとかなさい」

曲がりなりにも、この学院の教官《しどうしゃ》が生徒に実力行使を呼びかけるとは、冒険者育成機関というのは俺が思っていたよりも遥《はる》かに面白い場所のようだ。

「意外と面倒な場所かと思ったが、実力行使が許されるなら楽でいいな」

「先に注意しとくけど、もし『故意』に相手を殺した場合は退学になるから気をつけなさい。ま、あんたの実力なら、ここの生徒たちに手加減するくらいの余裕はあるでしょうけど」

俺の言葉に、ラーニアは付け足すようにそんなことを言うのだった。

こんな説明を受けながら、学院の敷地を暫く歩き。

「しかし、本当にこの城が学院とはな……」

ようやく学院と呼ばれている巨城に辿《たど》り着いた。

学院の正門ほどではないが、学院の玄関口もかなり大きく広い。

「敷地内の建物で、他にそれらしいのはなかったでしょ？　他の建物はここに比べれば随分小さいものばかりだしね」

学院の中に入り、真っ直ぐ進み階段を上っていく。

見た目の壮大さに負けず劣らず、室内も豪華絢爛《けんらん》——冒険者を育成する機関というには少し違和感があるが、その辺りは国の出資で成り立っているというのが関係しているのかもしれない。

二階、三階、四階、五階——と階段を上っていく。

「……一体、どれだけ多くの部屋があるんだ？」

俺の疑問に答えるように、ラーニアは各階にある施設の説明をしてくれた。

各学年の教室だったり、戦闘訓練や魔術の実験をする為の施設や教官室など、説明されたことを頭に叩《たた》き込んでいった。

そして、丁度十階に到達した時。

「ここが学院長室」

ラーニアが告げた。

階段はこの階で途切れていた。

他の階にはいくつもの扉や部屋があったが、ここには目の前に扉が一つあるだけだった。

ここまで来るのにどれくらい経っただろうか？

結構な時間、歩いてきた気がする。

「田舎暮らしのあんたもわかってると思うけど、学院長っていうのはこの学院で一番偉い人なの。元冒険者で、魔族の王である魔王を倒した偉大なギルドの魔法使いだった人。残念なことに、そのギルドは魔王の討伐と共に解散しちゃったんだけどね。ちなみに学院長の武勇伝として、魔王戦争の際に幻想種の魔物を召喚し魔族から多くの人々を守った逸話もあるのよ」

「へぇ……魔王戦争の英雄、ね」

そういえば、アイネ――育ての親でもあり、生きる為の手段《ちから》を授けてくれた俺の師匠は、魔族についても色々と教えてくれたっけ。

「一応、学院長に会う前に、魔族や魔王戦争についても教えておいてあげるわ」

そう言って、ラーニアは魔族についての説明を始めた。

神暦八百三十七年――今から約五十年ほど前に、大陸の全人類と魔族との大戦争があった。

魔王を頂点とし人類の敵とされているのが魔族という存在。魔族は魔物《モンスター》を操る力があり、その力を行使し人類を襲撃したそうだ。

魔族が人類と対立した理由ははっきりしておらず、そもそも魔族という存在がこの大陸に現われた理由も人類を襲撃した目的すらもはっきりしていない。

一説には食糧難に陥り、海を渡ってきた別の大陸の住民などとも言われているが、本当に唐突にこの大陸に現われたそうだ。

魔王以外の魔族がどれだけいるのかもわかっておらず、はっきりと言えるのは、魔族が全て滅んだわけではないということ。

魔王の血族と言われ強大な力を秘めた魔人という存在が、未だにこの大陸に潜んでいるらしい。

偉大なる冒険者――英雄と言われる者たちにより魔王が倒されたことで、魔族はすっかり鳴りを潜めてしまい、以前に比べれば随分と平和な生活が送れるようになったそうだ。

ここまでは、今ラーニアから聞いた話。

一部、俺が師匠《アイネ》から聞いた話と違う点もあったが、様々な説があるってことなんだろうな。

「魔族の襲撃による被害は大きかったけど、この魔王戦争で国家の壁、種族の壁を越えて大陸の全住民が協力する切っ掛けにもなった。そういう大きな意味のある戦争だったわね。まあ、今でも種族間の小競り合い程度ならあるけど」

ラーニアは意味ありげに苦笑してみせた。

もしかしたら、この学院でもそういった種族間の争いのようなものがあるのかもしれない。

なにせ冒険者育成機関というくらいだから、多くの種族が一堂に会しているだろうしな。

「ま、魔族についての話はこんなとこ。とにかく、これからあんたが会うのは歴史に名を残すほどの偉人なんだから、無礼のないように頼むわよ。あんたが少し生意気言ったくらいで、怒るような人ではないけどね」

言って、ラーニアが学院長室の扉をノックし。

「失礼致します。私が推薦させていただいた冒険者候補生をお連れしました」

そう伝えると――手を掛けたわけでもないのに、ゆっくりと扉が勝手に開いた。

（へぇ……わざわざ扉を開く為に魔術を使うなんてな……）

どうやら学院長は、ちょっとした趣向を凝らすのが好きらしい。

そんな遊び心のある演出を、俺は気に入った。

「失礼致します」

そしてラーニアが学院長室に入ると、俺もそれに続いた。

目の前には机に肘《ひじ》を突き手を組んでいる、見るからに偉そうな老人の姿があった。

（へぇ……この爺《じい》さんが学院長か……）

魔法使いなんて聞いていたから、長い髭《ひげ》を生やしてローブを着ている姿を想像していたけど、老人というにはあまりにも壮健過ぎる爺さんだった。

黒い礼服のようなもので身を包み、背筋は曲がることなくピンと伸びている。

不敵に微笑み、自信に溢れた表情からは一切衰えなど感じさせない。

歳を窺《うかが》わせるのは白い髪と髭くらいだろうか？

しかし髪はふさふさだし、髭は綺麗《きれい》に切り揃えてあるので、所謂《いわゆる》魔法使いのイメージとはほど遠いくらい清潔だった。

見た目だけでは、実年齢が何歳くらいなのか全く判断できない。

「お待たせしてしまい申し訳ありません。この者が――」

「うむ、君がマルス君か。わしがこの学院の長、カドゥス・ライナーだ」

「マルス・ルイーナだ」

「……学院長、申し訳ありません。実力は確かなのですが、一般常識に欠けた部分がありまして、目上の者に対する言葉遣いも含め、今後は私が責任を持って教育致しますので……」

ラーニアは頭を抱えていた。

俺が何か問題のあることをしたのだろうか？

ちゃんと名前も名乗ったというのに。

学院長は特に機嫌を損ねた様子などなく、剛毅《ごうき》な眼差しを俺に向けた。

「構わん。さてマルス君、君はこの学院についてどの程度聞いているかね？」

「冒険者を育成する機関なんだろ？」

「そう、我が王立ユーピテル学院はこの大陸に十校しかない冒険者を育成する為の機関となっている。つまり、ここに入学する者の多くは冒険者を目指しているというわけだ」

冒険者育成機関に通う以上、本来はそうであって然《しか》るべきなのだろう。

だが、正直な話をさせてもらうと。

「俺は、冒険者になりたいわけじゃないんだ。ここに来た理由も、ラーニアが誘ってくれたから、なんとなくってだけでさ」

実際、師匠《アイネ》が死んでからは、毎日なんの目標もなく無駄に過ごしていた。

ただ魔物や動物を狩りその肉を喰《く》らう、そんな生活を繰り返すくだらない日々。

それに不満があったわけじゃない。

ただ、生きることに飽きている自分がいたのは事実で、そんな時にたまたま冒険者にならないかと誘ってくれたのがラーニアだった。

「経緯はラーニア教官から聞いている。君は我々が頼んで入学してもらった特別枠の生徒だ。そんな君に、冒険者になることを強制するつもりはない。だが、君がこの学院に入ろうと決断した理由はないのかね？」

「決断した理由か……」

怠惰に毎日を生きてきた俺だけど、そんな俺にも一つだけ欲しいものがあった。

それは、あのまま山奥で一人ぼっちで暮らしていたら手に入らないものだ。

だから、ラーニアに冒険者を目指さないかと言われた時、俺の願いが叶《かな》えられるんじゃないかという期待もあって。

「一つだけ、目標がある」

「ほう……それは何かね？」

興味深そうな物言いで尋ねる学院長に。

「……友達が欲しいんだ」

この学院に入って叶えたい唯一の願いであり目標を伝えた。

俺はこれまでの人生で一度も友人がいたことがなかった。

だから、多くの人が集まるこの場所で、俺は本気で友達を作りたいのだ。

「友達……？　うむ、そうか。少し意外ではあるが、面白い」

厳格な表情が微《かす》かに緩んだ。

「ここには多くの生徒がいるんだろ？　俺は今まで、同じ年頃のヤツらと一緒に過ごすこともなかったし、友達と呼べる存在もいたことがない。だから、ここで生涯の友達を作りたいと思ってる」

「なるほど。ここは冒険者を育成する為の機関とはいえ、学院であることは変わらない。ならば、友を作るということも、学生のうちにしておくべきことの一つだろう」

学院長は満足するように微笑み、大きく頷《うなず》いた。

「君がここに来た動機はわかった。が、もう一つ確認させてほしい」

緩んでいた頬を引き締め、先ほどまでとは打って変わった豪胆な表情で学院長は俺を見据え。

「君の実力が確かなのは聞いているのだが、その力をわしにも見せてはくれまいか？」

「力？　どうしたらいいんだ？　ここは学院の中で、魔物がいるわけでもないだろ？　それとも、あんたが俺と戦ってみるかい？」

真面目な提案をしたつもりが、再びラーニアは頭痛に耐えるように頭を抱えている。

そして学院長は。

「ふ――ふはははははははははっ！　このわしに戦ってみるかとはな！　そんなことを言われたのは数十年振りだぞ！」

ただただ愉快そうに笑っていた。

そんな学院長の様子を見て、ラーニアは呆気《あっけ》に取られ、口をぽかーんと開けている。

正直、本人に見せてやりたいくらいの間抜け顔だった。

それに気付いたのか、ラーニアも慌てて口を閉じ、俺を睨《にら》んできた。

(な……なんで睨まれてるんだ……？)

ただ見ていただけなのに理不尽だ。そんなことを思っていると。

「大笑いしてすまない。久しぶりに愉快だったものでな。本音としては、実際に戦って君の力を見てみたいが、わしはここの責任者だ。生徒相手に戦うわけにはいかん。いや……だが……うむ……」

学院長は顎《あご》の髭を撫《な》でながら少し逡巡《しゅんじゅん》すると。

「わしが直接相手をするわけにはいかないが、わしの召喚獣と戦ってみるというのはどうかね？」

「なっ——!?　が、学院長、それは、いくらなんでも……」

ラーニアは学院長の言葉に戸惑いを見せていたが、俺としては正直拍子抜けだ。

「そんなことでいいなら、今すぐにでも始めよう」

「あ——あんた、わかってるの！　学院長はこの世界を救った英雄の一人なのよ！」

「だから？」

「だから？　って——……あんたが強いのは知ってるけど、いくら強くたって英雄を相手に……」

「ラーニアこそ、話を聞いてたのか？　学院長自身と戦うわけじゃない。そうだろ？」

「うむ。あくまで、わしの召喚獣と戦うだけだ。わし自身は手は出さん」

「って、ことらしいぞ」

俺が言うと、ラーニアはまた頭を抱えてしまった。

（……もしかしたら、頭痛持ちなのだろうか？）

だとすれば、入学試験なんて面倒なものはさっさと終わらせてしまった方が彼女の為だろう。

「じゃあ、さっさとやろうか」

学院長が召喚した魔物に勝つ。単純明快な入学試験だ。

「では始めよう」

学院長が立ち上がり、何かの呪文を唱えた瞬間——景色が歪《ゆが》み、俺達が立っている場所はだだっ広い荒野に変化していた。

「はぁ……こうなったら、あたしはもう止められないわよ」

溜息《ためいき》を吐くラーニアを余所《よそ》に。

「……驚いたな」

俺は素直に感嘆していた。

当然、学院長室で戦いを始めるわけにはいかない、そのくらいの常識は俺にもあったのだが。

「空間変異の魔術を見たのは初めてかね？」

「魔術？　今のは魔法ではないのか？」

「こんなものは魔法のうちに入らんぞ？　魔術の領域だな」

（……魔術の領域？　ああ……そういえば、師匠《アイネ》も言ってたっけな。魔術と魔法は全く違うものだって）

魔術は世界にある万物の力を利用し作り出すもので、魔法は自身の魔力のみで生み出すものだ。

例えば火、水、風、地など世界に溢《あふ》れる元素を利用することで、炎や竜巻を起こす現象は魔術だ。

この世に存在するものを別の形に作り変え奇跡を起こす。

つまり変化させる物がなければ魔術を行使することはできない。

魔術の行使には何らかの過程を経る必要があるのだ。

その過程は行使する者や、行使する魔術によって異なる場合もある。

しかし魔法は違う。

魔法は個人の持つ魔力で生み出すことができる奇跡だ。

この世界の住人ならば、誰しもが魔力を持っているが、魔力のみで奇跡を起こせる程の膨大な魔力量を持っている者は少ない。

個人の持つ魔力量は生まれながらに決まっている。

どんな努力をしようと生涯増減はない。

つまり、魔法を使える素質があるのは膨大な魔力量を持つ者のみ。

努力ではどうにもならない才能の領域だ。

極端な話だが、圧倒的な魔力量さえあれば何もない状態——完全な無の状態から、俺達が住むこの大陸を形成することさえ出来るのが魔法だ。

そして魔法には行使するまでの過程が不要だ。

それがどんな大規模なものだとしても、思えばその時に魔法は行使される。

魔術では不可能なことさえ可能にする奇跡を起こせる万能の力。

しかし、それを行使する為の魔力量を持つ者がいない為、結果として多くの者にとって無能な力
——それが魔法だ。

学院長の使った空間変異は、この世界にあるものを変異させただけなので、使ったのは『魔法』ではなく『魔術』ということなのだろう。

しかし、本来は踏まなければならない過程を飛ばし、ほぼノータイムで魔術を行使した。

それは十分、学院長の実力を窺わせるものだった。

「学院長は、魔法を使えるってことかい？」

「ああ、わしは魔法使いだからな」

学院長は不敵に笑った。

まるで、若いものには負けんぞ？　と言われている気がした。

……そういや、ラーニアが学院長室に入る前に『学院長は、魔王を倒した偉大なギルドの魔法使い』とか言っていたけど。

本物の魔法使いだったってわけだ。

「……英雄なんて言われてるだけはあるんだな」

「怖《お》じ気付いたかな？」

「まさか。移動する手間が省けて楽なくらいだ」

驚きはしたが、怖じ気付いてなどはいない。

寧《むし》ろ、少し楽しくなってきたくらいだった。

「それに魔法使いに会うのは初めてじゃない」

「ほう……。では、見せてもらおう――君の実力を」

学院長は膝《ひざ》を折り、荒野の地に手をついた。

「我が呼び声に応えよ――」

聞こえた言葉はそれだけ、召喚魔術にしては随分と短い呪文のようだったが。

――ゴゴゴゴゴゴゴ。

学院長の魔術だろうか？

立っているのも辛《つら》いほど大地が震え始め。

（なんだ……？）

――直後――ガガッガガッガガガッガッガガガ‼

轟音《ごうおん》と共に大地が裂けた。

地割れに飲み込まれる前に跳躍し、学院長から距離をとる。

「おいおい、あんたの直接攻撃はなしなんだろ？」

「ああ、勿論《もちろん》だ」

地に突いた手を離し、立ち上がった学院長は堂々と言ってのけた。

おいおい、だったらこの地割れはなんなんだ――そんな言葉が出かけていたのだが。

「＊＊＊」

明らかに人のものではない咆哮《ほうこう》が、地の底から響いた。

（まさか……）

ゴゴゴゴゴ、ガガガガガガガ――。

激しい揺れが続く。

おかしなことに、その音は段々と大きくなり、近付いてきた。

それはまるで地の底を何かが駆け上がってくるようで――。

ドガン！　ドガン！　その音と共に、割れた地から巨大な岩のような爪が飛び出し地を掻《か》いた。

地を割った者の正体――それは。

「***」

二度目の咆哮と共に、龍《ドラゴン》が地の底から貌《かお》を出した。

まだ全身が這《は》い出たわけではないが、龍の貌はゴツゴツした岩のような突起の鱗《うろこ》に包まれている。

(でかいな……)

前足だけで俺の全身よりも遥《はる》かにでかい。

咆哮をあげるその口も鋭い刃のような歯が生えており、噛《か》まれでもしたら即死に違いない。

ドガン、ドガン！　と地響きを上げ、そしてついに、全身が這い出てきた。

全長は三十メートルはあるだろうか？

(……龍を召喚するなんてな)

この大陸の歴史上、最強と名高い種族にして、万物の王とまで言われた存在。

今この大陸に生き残っている龍はほとんどいないらしく、まさかこんな所で戦うことになるとは思いもしなかった。

「が、学院長――いくらなんでも地龍《アースドラゴン》を召喚するなんて！」

焦っているのか、ラーニアの声は裏返り甲高いものになっていた。

「安心しろ。しっかり制御はしているし、地龍など龍族の中ではせいぜい中級だぞ？」

「そ、そういう問題では！」

「何が問題なんだ？　本人はやるつもりのようだぞ？」

学院長の言葉に、ラーニアはブンッ！　と音が聞こえそうなくらい凄《すご》い勢いで顔を振り、侮蔑《ぶべつ》とも取れるような目で俺を睨んできた。

「なんだよ？」

「あ、あんたね！　死ぬ気なの！　いくら学院長が制御してるからって――」

「ま、見てろって」

「見てろってあんた装備もなしに――」

ラーニアが何かを言う前に、俺は動いた。

「＊＊」

突進する俺を迎え撃つように、地龍は咆哮する。

「向こうさんも、やる気じゃねえか！」

龍の咆哮は、相手の戦意を喪失させると聞いたことがあった。

でも、それは嘘なのかもしれない。

だって今俺は。

（昂《たか》ぶって仕方ない……！）

そして距離を詰めながら。

（まずは小手調べといくか……）

掌《てのひら》に魔力を集中。利用するのは大気中に溢れる火の元素——イメージするのは炎の魔弾。

刹那《せつな》の時に魔術は完成し、俺は龍に向かいその魔弾を撃ち込んだ。

——一発。——二発。——三発。

全て直撃。そもそも避けるつもりなど一切ないというくらいに、巨体は微動だにしなかった。

身体全体を覆っている岩のような鱗がアーマー代わりになっているのだろう。

地面の中から這い出てきたので、なんとなく硬いイメージはあったのだが、どうやら全く効果的なダメージはないようだ。

（予想通りとはいえ、普通にやってちゃダメージは与えられないか……）

俺はさらに速度を上げ、一気に距離を詰める。

「地龍の防御力を知った上で、さらに突っ込んでくるとはな」

地龍の後ろに隠れて見えないが、学院長の声だけが俺に届いた。

勿論、考えなしに突っ込んだわけじゃない。地龍の身体を覆った岩石のような鱗は、普通に攻撃したところでダメージが通りそうにない。

——だからこそ距離を詰めた。

「ほぉ……凄《すさ》まじい魔力量だ。しかも、わしが見たことのない魔術とはな」

走り出したのと同時に、掌に魔力を集中させていた。

利用するのは再び火の元素――ありったけの元素と莫大《ばくだい》な魔力を掌に集め、巨大な炎の塊に形成する。

これは、俺が最も得意な魔術の一つで、巨大な炎の塊をぶつけるだけの単純な一撃。

だが、そんな単純な魔術でも、行使する者の魔力量次第では圧倒的な破壊を生む暴力の塊へと変化する。

地龍が俺を薙《な》ぎ払《はら》うように前足を振るう。が、流石の巨体のせいか動きは遅い――その破壊の一撃は掠《かす》りさえせず、俺はその間に鈍間《のろま》な地龍の懐に飛び込んでいた。

（おっ――こいつは！）

僥倖《ぎょうこう》だ。地龍の懐。丁度腹の辺りだろうか？

絶対防御の鱗に覆われた地龍の身体の中にも、どうやら弱点はあったようで、
鱗に覆われていない剝《む》き出しになった土色の地肌に、俺は凝縮された爆炎の鉄槌《てっつい》を打ち付けた。

「――喰《く》らえっ！！！！！」

――ドガアアアアアアアアアアアアアアアアアアアア！

激しい爆発音と強烈な爆風が巻き起こる。

「＊＊＊＊＊＊＊＊＊＊＊＊＊＊＊＊＊＊＊
＊＊＊＊＊＊＊＊＊＊＊＊＊＊＊＊＊＊」
地龍の巨体が浮き上がる程の一撃に、爆発音に混ざって地龍の悲鳴のような咆哮が重なった。

（っ――）

しかし、ダメージを受けるのは龍だけではなかった。

このままでは、熱風で俺の全身は焼け焦げてしまう。

だが、ここまでの行動は、決して防御無視の特攻というわけではない。

防御魔術を行使——利用するのは大気中の水の元素——イメージするのは全身を覆う水の鎧《よろい》。

全身を熱から守る為の水の鎧が完成し——俺の身を守った。

しかし——熱は防げても巻き起こる暴風まではどうにもできない。

俺の身体は浮きあがり、かなりの距離を吹き飛ばされてしまった。

無事着地したものの、龍との距離は再び開いた。

だが、それがまた功を奏することになった。

俺の一撃が効いたのか、ドゴオオオオオオオオオ——という激しい地響きを上げ、地龍の巨体が崩れ落ちたのだ。

(あそこにいたら、今頃は腹の下だったな……)

地龍を見ながら、そんな暢気《のんき》なことを考えてしまう。

しかし、リスクは承知の上だったし、成果もあったのだからよしとしておこう。

「……地龍を、一撃で……」

「ほう……」

ラーニアの感嘆と学院長の感心、反応は違えど悪い印象ではなさそうだ。

(それにしても拍子抜けだ……。龍ってのはこの程度なのか？)

これでは最強の名折れではないだろうか？　見掛け倒しもいいところだった。

「地龍の防御力を考えた上で近接戦で強力な一撃を与える。リスクを考えた上で行動しているとしたら、大した度胸だな」

どうやら褒められているようだ。この程度の相手を倒した程度でそんなことを言われても——。

「……だが、この程度では龍は死なん」

「は？　おいおい、だったらそこでぶっ倒れてるデカブツは——」

学院長の言葉を証明するように。

「＊＊＊」

龍はその巨体を起こし咆哮を上げた。

先程よりも咆哮による重圧《プレッシャー》が増している気がする。

「どうやら地龍は、君を倒すべき敵として認識したようだぞ」

つまり、今まで俺はこの龍《でかぶつ》にとって、敵とすら認識されていなかったわけだ。

「どうするかね？　君の実力はある程度わかった。十分この学院に通う資格がある。わしとしては、入学試験はこれで合格としても構わんが？」

「……合格？」

これで？　一度は龍は倒れ伏したものの致命傷には至っていない。

決着はついていない。

なのに合格だと？

「待ってくれ。俺はまだ続けたって――」

「マルス、学院長は合格でいいと言ったのよ。今回はここまでにしておきなさい」

少し強い語気でラーニアに言われ。

「だが――」

「あんたは何の為にこの学院にきたの？　戦う為じゃないでしょ？　そして、この学院に入学する為の試験も終わった。なら、今は納得しておきなさい」

確かにその通りだが、これではあまりにも消化不良だ。

「もしこのまま戦い続けるっていうなら、あたしの授業ではあんたのことを戦闘中毒君と呼ぶわよ？　それでもいいの？　きっと恥ずかしいわよ？　この人、戦闘中毒なんだ。そんな風に周囲の生徒に思われる自分の姿を想像してみなさい？　絶対に引かれるわよ！　誰も近付いてこないでしょうね。それじゃあ学院の生徒になったとしても友達できないわね！」

どうやら、俺の友達作りを妨害しようということらしいが。

「――構わない」

「はっ――？」

俺の反応が意外だったのだろう。

ラーニアは口をぽっかりと開け、間抜けな顔を見せた。

今まで友達のいなかった俺には、友達の定義なんてものはわからないけど――。

「俺が欲しいのは一生付き合っていける友達だ。もしその程度のことで俺とは友達になれないなら、一生付き合っていくなんて無理だろ？　ありのままの俺を友達として受け入れてくれないのに、どうしてそんなヤツと友達になれるんだ？」

友達って存在が口先だけのものなら、俺はそんなものいらない。

「……あ、あんたって子は……もう、好きにしなさい！」

呆《あき》れたのか怒っているのか、ラーニアは不服そうに俺から顔を逸《そ》らした。心配してくれていたのかもしれないが、その心配は直ぐに杞憂《きゆう》だということを証明してみせればいい。

そして、俺は龍を見据えた。

「続けるのだな？」

「ああ——直ぐに終わらせる」

「ほう……だが、地龍の防御力を突破する手段が君にあるのかな？」

不敵な笑みを浮かべるその顔は、『力を見せてみろ』と訴え掛けている気がした。

「勿論《もちろん》。ここからは——少し本気だ」

相手は龍——召喚され制御下にあるとはいえ、万物の王とまで言われた種族なのだ。

そんな相手に対して『遊び』が過ぎた。

「……ならば、続けるとしよう」

直後——。

「＊＊＊＊＊＊＊＊＊＊＊＊＊＊＊＊＊＊＊＊＊＊＊＊＊＊

＊＊＊＊＊＊＊＊＊＊＊＊＊＊＊＊＊＊＊＊＊＊＊＊＊＊＊＊」
明らかな殺気が込められたその咆哮《ほうこう》と共に、龍の真上に巨大な魔法陣が浮かび苛烈《かれつ》なほどに眩《まばゆ》い光が放出された。

「……どうやら、この龍も本気のようだぞ」

宙に描かれた魔法陣から無数の巨大な岩槍《いわやり》が形成されていく。

人の身体など簡単に貫く――いや、掠っただけで押し潰《つぶ》されるほどの槍が、俺目掛けて一斉に降り注いだ。

「っ――」

俺は真横に駆けた。

雨のように降り注ぐ槍をかわしていくが、地面に突き刺さった岩槍が弾け、その破片が飛び散り俺の肌を裂く。

どれも致命傷には至らないただの掠り傷だが、避《よ》けても避けても無限の槍が俺を襲った。

「避けているだけか？」

「いや――直ぐに終わらせるって言ったろ」

その言葉に――嘘はない。

俺は龍を見据えた。

そして――想像《イメージ》を開始する。

かつて万物の頂点たる龍王《マスタードラゴン》を討伐した者を、人々は龍殺し《ドラゴンスレイヤー》などと言ったらしい。

俺は攻撃を避けながら、あの龍を倒す想像を固め——その幻想の剣を形にする為に、莫大な魔力を注ぎ込んでいく。

想像するのは、万物の王すらも討ち滅ぼす龍殺しの魔剣。

この剣に名前はない——ただ目の前の龍を倒す為にのみ存在する幻想の魔剣。

龍を討ち滅ぼす想像が完了した瞬間——その剣は完成した。

「＊＊」

龍が上げたその咆哮は、まるで死を怖れ泣き叫んでいるようだった。

足を止めると俺に向かって一斉に岩槍が降り注いでくるが、想像の完了と同時に既に勝利は決している。

「討ち滅ぼせ——！」

龍を殺す為だけに生まれたその剣を俺は振った。

ただ一振り。たったそれだけの動作で圧倒的な熱量を有する巨大な閃光《せんこう》が放出し、降り注ぐ巨槍ごと地龍を飲み込んだ。

その一撃で放出された莫大な魔力は、空間変異で形成されていたこの世界を歪《ゆが》め破壊していく。

変異していたはずの空間は学院長室に変わり、放出した閃光は学院長室の壁から天井までブチ抜き、雲を裂き空を照らし出した。

多分、総魔力量の半分くらいは持っていかれたが——。

当然の如くこの場に龍の体軀《たいく》はなく、破壊的な一撃は対象を消滅させたのだった。

そして、世界を光で覆いつくしたその剣も、役目を終えたとばかりに俺の手の中から消えていた。

「な、直ぐに終わっただろ？」

俺は振り向き、ラーニアに言った。

心配する必要なんてなかっただろ？　という意味を込めて。

「……で……」

唖然《あぜん》としていたラーニアは、ぽっかりと開いた学院長室の大穴を見ながら。

「デタラメ過ぎるわよ……」

呆れたみたいに、こんな言葉を漏らした。

「今放出された魔力量だけで——常人の数百倍はあったんじゃ……？　それでもまだ余力はあるみたいだし、規格外過ぎる魔力量ね……。でも、そうでもなければ魔法なんて使えないか」

冷静に分析を始める辺り、生徒を育てる教官らしいのかもしれない。

「ふはははは っ——まさか魔法で龍殺しの魔剣を生成するとはな！　これほどの戦いを見せられれば、入学試験どころか卒業試験を合格にしてもいいくらいだ」

いつの間にか姿を消していた学院長は、俺の視線の先に突然現れたかと思うと、壮健な姿を見せ満足そうに大笑いしていた。

「卒業はまだ困るな。俺は——ここに友達を作りにきたんだからな。それに、もし卒業試験をするのだとしたら、俺はあんたと戦ってみたいんだが？」

俺が大真面目に言うと。

「ふっ――はははははははははっ、どこまで楽しませてくれる若者だ。良かろう！　ならば君の卒業試験は、このわしが相手をすることを約束しよう」

学院長は大笑いした後、満足そうな顔でそんな約束をしてくれた。

「だが今は何より――マルス君、我々は君の入学を歓迎する」

こうして俺は、龍《ドラゴン》を倒すことで、ユーピテル学院の入学試験に合格したのだった。

第二章　初めての友達

入学試験が無事終わり、学院長室から一階まで降りてきたところで。

「授業は、明日《あした》から受けてもらうってことでいいかしら？」

ラーニアがそんな確認をしてきた。

「それで問題ない。ところでラーニ――」

「マルス、学院ではあたしを教官と呼びなさい。一応、他の生徒に対する示しってもんがあるの」

「了解。ところで教官殿、俺はどこで寝泊りすればいいんだ？」

「学院の生徒は学院の宿舎に寝泊りするのよ。今から案内するから付いてきなさい」

言われるままに後に付いて行く。

学院の敷地は無駄だと思えるほどに広く、歩いているだけで様々な施設が目に入ってくる。

そんな施設を眺めていると。

「あそこの大きな建物は図書館。あっちは教会ね」

俺の視線に気付いたのか、ラーニアが口を開いた。

「冒険者の育成機関になんで教会があるんだ？」

「当然の疑問だけど、単純な話よ。ウチの学院の教官に修道女《シスター》がいるの」

「ここの卒業生で、修道女《シスター》に鞍替《くらが》えするヤツがいるのか？」

「んなわけないでしょ！　聖職者の使う治癒魔術は一流なの。だから学院の教官として招いているのよ。それに、中立的な立場の聖職者がいると、国家間の争いに巻き込まれずに済むかもしれない。つまり、学院の治安の問題よ。万一戦争になった際、この場所が中立であるということの証明になるし、攻め込まれずに済む可能性が高くなるの。教会はこの国に限らず世界中にあるからね。万一教会に攻め込もうとでもしたら世界中の信徒を敵に回すことになる。よほどの大バカか邪教徒でもない限りは、それは避けるでしょ？」

捲《ま》くし立てるように説明された。

「冒険者を育てるってのは、色々面倒なんだな」

「国が関与している以上は、政治的な駆け引きもあるってことよ」

「……まあ、この学院がどんな事情で運営されていたとしても、俺の目的は変わらないよ」

「友達を作る。でしょ？　ふふっ、いい目標だと思うわよ。ここは競争社会だから難しいかもしれないけど、それでも信頼できる仲間を作っておくのはいいことよ。それにあたし個人としては、子供はうだうだ面倒なこと考えてないで、青春を謳歌《おうか》すればいいと思ってるしね」

「青春……ね」

今まで俺には縁がなかったものだけど、この学院にいれば体験できるのだろうか？

「それに、友達だけじゃなくて、恋人を作ったっていいのよ」

（恋人……？）

そんなこと、考えたこともなかったな。

恋人ともなれば将来的に家族になる可能性もあるわけだし、身内のいない俺にとっては、一生を共に過ごしてくれる相棒の存在が、恋しくないといえば嘘になるが。

「さて、着いたわ。ここが男子生徒の宿舎よ」

いつの間にか宿舎に着いていた。

学院の荘厳な佇まいが嘘のように、宿舎は木造の落ち着きのある建物だった。

大人数が住むことを想定して設計されている為、一般的な家としてはかなりデカいが見た目は質素な印象だ。

「思っていたよりも普通の建物だな」

「冒険者の育成に関係ないことには、基本的にお金を掛けないのよ。ちなみに部屋に鍵《かぎ》もないから気をつけなさい。基本的に貴重品は身に着けておくことね」

「気をつける？　部屋に鍵など必要ないだろ？　そんなものより、相手の侵入を防ぐなら罠《トラップ》や魔術による錠《ロック》を施しておいた方が遥《はる》かに確実だぞ」

「……あんたに対して一般常識を語っても意味がないのは良くわかったわ。でも、敵の侵入を防ぐという意味ではその通りね」

呆れと感心を半分ずつ伴ったような物言いをされた。

俺は当然のことを言っただけなのだが、どこに呆れられる要素があったのだろうか？

「あんたにとっては大した問題じゃないでしょうけど、鍵がないのも訓練の一環ということは覚えておきなさい」

「わかった」

それは、侵入者がいた場合は自分で排除しろということだろう。

寝ている間が、人は一番無防備になるからな。

それにどう対処するかというのは、冒険者には必要な訓練に違いない。

ラーニアからそんな説明を受け、宿舎の中に入ると。

「お待ちしておりました！」

明るく潑剌《はつらつ》とした女の声が俺達を出迎えた。

「ネルファ、こいつが話してた編入生よ」

ラーニアに『ネルファ』と呼ばれた女は、見慣れない不思議な格好をしていた。

「かしこまりました！　マルスさんですよね？　わたしはネルファ・マクシミリです。今日から責任を持ってお世話致しますので、宜《よろ》しくお願い致します」

「ああ、宜しく頼む」

そう言いつつも、俺は彼女の姿が気になって仕方がなかった。

料理もしていないのに、エプロンのような白いドレスを着ているし、頭にはカチューシャ……というには少し目立ち過ぎるような白い髪留めを着けていた。

見た目的には、俺よりも少し若いくらいに見える。

垂れ気味の瞳《ひとみ》と左右に均等に結った髪、何より目測だが百五十センチメートル前後の身長が、彼女の幼さを助長しているように感じた。

「彼女はここの家政婦《メイド》――要するに使用人ね」

（メイド……？）

一部の貴族や王族が身の回りの世話の為に、使用人を雇うというのを聞いたことがあったけど、まさか俺自身が世話になる日がくるなんて。

「あんたらの世話係だから。料理や掃除、洗濯、生活に必要な大抵のことは彼女がこなしてくれるわ。ネルファ、色々と手間をかけるでしょうけど、見放さないであげてね」

「勿論《もちろん》です。では、早速お部屋にご案内致します」

お節介なことを言うラーニアに、ネルファは満面の笑みで答えた。

建物は一階から五階、その上に屋上があるらしい。

各階二十部屋、一階から三階までは二人部屋で一、二年生と一部の三年生が、四階から五階は一人部屋で三年生が使用しているらしい。

収容人数は最大百六十人で、今宿舎にいる男子生徒は俺を含めて百四十七人だそうだ。

「ラーニア、なぜ三年だけ一人部屋なんだ？」

「この学院は実力主義だからね。格上が優遇される仕組みになってるのよ」

「中には三年よりも優秀なヤツだっているんじゃないのか？」

「勿論、例外はいるわ。ただ、三年生はこの育成機関の教育を受けて、三年間生き残ってきた人材。多くの者は天才ではないけれど秀才と考えていいわ。ではここで簡単な問題。集団生活において採め事が起こり、十対十で三年と二年の間で戦闘が起こった場合、果たしてどちらが勝つかしら？」

「よほどの実力者がいない限りは、三年が勝つというわけだな」

「その通り。あんたは気にしたことないでしょうけど、グループで行動するのなら調和を乱さないというのも重要になるのよ」

「……調和ね」

集団の中で和を乱す者がいれば裁かれるというわけか。

「ただ、一対十でも相手を制することができるならそれもよし。それをできるヤツがいないから、ここでは三年が優遇されている。それだけの話よ」

「なるほど。学院だろうと宿舎だろうと、ここの敷地内は実力主義が徹底されているんだな」

それなら俺も、なんとかやっていけそうだ。

話の切りが良いところで、先頭を歩いていたネルファの足が止まった。

「マルスさんの部屋はこちらです」

連れてこられたのは三階の右奥。三階ということは、二人部屋というわけで。

「住んでいるヤツはいるのか？」

「はい。ラーニアさんから申し出がありまして、マルスさんも入学されたばかりで何かと心細いだろうから二人部屋のほうがいいと」

「あたしの気遣いに感謝なさい！」

偉そうに胸を張っているラーニアだったが、友達を作りにこの学院に来た俺としては、確かにありがたいことだった。

「同室の方には、マルスさんが入居することを伝えてありますので」

「わかった。ありがとな、ネルファ」

「とんでもございません。主《あるじ》のお世話をするのはメイドの務めでございます。それでは、わたしは夕食の準備がありますので一度失礼します。何かありましたら直ぐにお声掛け下さい」

まるでお手本のようなお辞儀をして、ネルファは去っていった。

（ここでは、食事の準備も彼女がしているんだよな……）

ということは、俺の生殺与奪は彼女に握られているということか。

戦いであればどんな状況になろうと生き抜く自信はあるが、俺も人間である以上、食事が取れなければ飢え死にしてしまう。

学院での生活を生き抜きたければ、ネルファだけは敵に回してはいけないようだ。

「ほら、ここで立ち惚《ほう》けていても仕方ないでしょ？　部屋に入るわよ。まだ話しときたいこともあるんだから」

部屋の主の許可も取らず、ラーニアは扉を開け部屋に入った。

「結構片付いてるじゃない」

このままではラーニアが部屋の主の荷物を漁《あさ》りかねない。俺はラーニアを止める為に、急ぎ部屋の中に入った。部屋は二人で住むには少し狭く感じる程度の広さだったが、机やベッドがあり、日常生活を送る程度であれば快適そうだ。

「ラーニア、人の荷物を漁るな」

「漁るか！　あのね、あたしはこれでも、ここの教官よ！　そんなことするわけないじゃない！」

「お前ならやりかねんだろ！」

「あんた、あたしをどういう目で見ているのかしら？」

「どういう目って……」

言われて俺は、マジマジとラーニアを観察した。

今、彼女は部屋にある二段ベッドに腰を下ろし足を組んでいた。

（考えてみれば、今まで彼女の姿を気にしたことはなかったな……）

まず印象的なのはその赤髪だ。

腰まで届く美しい長髪は、彼女が動くたびにさらさらと揺れていた。

その赤髪だけでもかなり目立つが、さらに人目を引くのは彼女の瞳。

まるで紅玉のような深紅の瞳は、見ていると吸い込まれそうなくらい深い色をしていた。

元々が目立つ容姿をしている上に、それをさらに引き立てているのがその格好だ。

フードを羽織ってはいるが、その下は服というにはおざなり過ぎる。

胸元が隠れるだけの白い布の服。その隠れた部分は大きく盛り上がっている。

腹部は完全に丸見えだ。

下は動き易さを重視してかショートパンツなのだが、これも肌を露出しすぎている。

アクティブな彼女の性格をよく表しているかもしれないが、これで生徒を持つ教官ですというようには無理があるだろう。

そんな彼女を一言で喩《たと》えるのなら。

「……露出狂か？」

ブチッ――と、ラーニアの血管が切れるような音がした。

「死ぬ？」

真正面から睨《にら》むように俺に視線を向けた。

「残念ながら、殺されてやるつもりはないぞ？」

「はぁ……全く。とんでもない生徒をこの学院に入れちゃったかしら？」

一度溜息《ためいき》を吐いた後、再び俺に視線を向けて。

「あんたがあたしをどういう目で見ているかはさておき、今は話を進めるわ。この学院では定期的に教会の鐘が鳴るの。その鐘の音で時間を判断して、その鐘の音に合わせて、学院の授業や宿舎での生活も行われるわ」

「団体で生活する以上、ある程度は時間の感覚を統一しているわけだ」

「その通りよ。そうでもしないと、授業に誰も来ないなんてことになりかねないでしょ？」

自嘲《じちよう》気味にラーニアが笑った。過去にそういった経験でもあるのだろうか？

「話を続けるわね。この宿舎では毎日食堂で食事が食べられるの。で、そのタイミングだけど、まず早朝に一回鐘の音が鳴るわ。その鐘の音と同時に食堂が開放される。それからもう一度鐘の音が鳴るまでが朝食の時間。それを過ぎると食堂は閉まって朝食は抜きになるから注意しなさい。三度

日の鐘が鳴り終わる前に学院に着いていること。その鐘が授業の開始の合図。各授業の開始と終わりにも鐘の音が鳴るようになってるから。最後の授業の鐘が鳴る頃には、この時季だと、だいたい日が落ちてるわね」

つまり、一日の三分の一くらいが授業で終わるってわけか。

今まで時間に縛られた生活を送ってこなかったので、話を聞いているだけで窮屈に感じてしまう。

「日が完全に落ちた頃に、もう一度鐘の音が鳴るわ。それからが宿舎の夕食の時間。朝食と同じように、もう一度鐘が鳴るまでが夕食の時間よ」

「了解した」

首肯し、言われたことを反芻《はんすう》していく。

「あと、あんたは二年に編入ってことになってるから。実力的にはどの学年に入っても浮くけど、流石に一年はないと思ったのよね。三年に編入じゃ一年間しか学院生活を楽しめないし、あたしの独断で二年にしたわ」

意外と適当に決められたらしい。

「そこの机に授業の日程表や教材は全部置いてあるから、後でチェックしておきなさい。それと、明日《あした》は迎えにくるから一人で学院に向かわずここで待っていること」

ラーニアが、壁の右隅に並んで配置された机を指差した。

どうやら手前が俺の机になるらしい。

「それと覚えておいてほしいのは、各校の冒険者候補生同士で力を競い合う学院対抗戦についてね。

年に一度、他校と試合があるの。時期は八月。今が五月の初めだから、だいたい三ヶ月後。その選抜メンバーの一人に、あなたは確実に選ばれるから」

「選抜メンバー？　俺が？」

「ええ。あんたをこの学院に誘った時、話さなかったっけ？」

あれ？　と首を傾げているラーニアだったが、傾げたいのは俺の方だ。

「今初めて聞いたぞ」

「あら？　そうだったかしら？　あたしがあんたを推薦した理由は、この学院対抗戦の戦力にしたいからって話をしたと思ったけど？」

いや、そんなことは全く聞いていないが。

「……その学院対抗戦ってのは、具体的に何をするんだ？」

「色々ね。単純な戦いだったり、競技的なものだったりとか、その辺りは実際にメンバーに選ばれた時に改めて話すわ。ちなみに試合の目的は、ギルドを始め各機関が冒険者候補生の力を見定める為。つまり、この大会での成績上位者は将来を約束されたようなものなの。当然、上位に名前を連ねる生徒が多いほど学院の名声も上がる。ウチの学院の去年の成績は中の下、全十校中六位。できることなら今年は上位三校には名を連ねたいところね」

「上位三校？」

「ええ、厳しいのはわかってるの。あくまでこれは目標であって――」

どうやらラーニアは、俺の言いたいことがわかっていないらしい。

「どうせなら、優勝すればいいだろ」

戦う以上、俺は負けるつもりはない。

俺は師匠《アイネ》に『戦う以上は勝つのは当然。勝った上で最高の結果を出すものだ』と教えられて育ってきた。

そう教えられて育ってきた以上、最高の結果を出すのは当然のことなのだ。

そんな俺の返答に、ラーニアは苦笑して。

「そうね。マルス、あんたには期待してるわ」

「ああ、任せろ」

自信を持って俺は頷《うなず》いた。

相手の戦力はまだ不明な以上、俺の発言は自信過剰にとられるかもしれないが、正直なところ相手がどんな化物でも負ける気はしなかった。

それに、ラーニアが俺の実力を信頼してくれているなら、その信頼を裏切るわけにはいかない。

三ヶ月後、必ず最高の結果を出す。そう決意した。

「これで一応、学院生活を送る為のルールは一通り教えたつもり。何か質問は？」

「質問は二つ——一つは服装のことなんだが、ここの生徒は全て同じ服に身を包んでいるよな？」

正確には男女で違うようなのだが、学院内を歩いていた時、全ての生徒が似たような服装なのが目に入っていた。

「ああ、制服のことね。悪いんだけど、あんたの制服は明日、あたしが直接持ってくるから。制服っていうのは、この学院の生徒ですって証《あかし》みたいなもんね。宿舎の中では私服で構わないけど、学院には必ず制服で来ること」

「了解だ。それと――大事なことがもう一つ」

ずっとわからないことがあった。それは、今どうしてもはっきりさせておきたいことで。

「なにかしら？」

「あんた、何歳なんだ？」

出会った時――妙齢の女という印象は受けたが、若く見えて意外とおばさん臭いところもある。

見た目と実年齢が比例していない者も多くいる。

この学院で教官をやっているわけだし、ある程度、歳を食っているのだろうか？

「俺は、三十歳前後じゃないかと予想して――っと――!?」

瞬間――俺の頬に鋭い刃のようなものが掠《かす》めた。

(ナイフ……？　いや魔法か？)

その一撃には、明らかな殺気が込められていた。

しかし、今の反応でわかったぞ。

「――その怒りようだと、二十代みたいだな」

「冷静に分析してんじゃないわよ！　あたしはまだ二十代前半よ！　いいマルス！　一つ忠告してあげる！　女性の年齢は聞くもんじゃないわよ。寿命を縮めることになるから」

今までにないほど、ラーニアは優しく微笑んだ。

同時に、今までにないくらいの威圧感を放っていた。

「じ、人生の教訓として、胸に刻んでおこう」

女にとって、年齢は切実な話題ということか。

師匠《アイネ》は全くそんなことを気にしていなかったけど……いや、そもそも俺は、師匠《アイネ》に年齢を聞いたことなんてなかったのかもしれない。

「全く……。他に聞きたいことは？」

これ以上、地雷を踏みにくるなよ！　と半端じゃない目力で睨んでくるラーニアに。

「大丈夫だ」

問題ないことを伝えた。

「そう。なら、これで話は終わりよ。さっきも言ったことだけど、あたしはあんたが学院生活を送る上で、細かいことをとやかく言うつもりはないから。あたしに迷惑を掛けない範囲なら、友情に生きるも、恋に生きるも自由よ。好きにやんなさい」

ニヤッと微笑み。そんな言葉を残してラーニアは俺の部屋から去って行った。

(学院生活を楽しむ……か……)

こういった共同生活の経験がない俺にとって、どうすれば楽しめるか純粋な疑問ではあるのだが、それでも今、俺はわくわくしている。

師匠《アイネ》が死んでから、何の目標もなく怠惰な毎日を過ごしていた俺だけど、今は久しぶりに高揚感に包まれていて。

この学院生活でどんな事が起こるのか、今から楽しみで仕方がなかった。

※

ラーニアが部屋を出て行ってから随分と時間が経ったが、まだ夕食の鐘は鳴らない。

あまりにも暇を持て余していた俺は、明日の授業の確認をしていたのだけど。

ガチャ――扉のドアノブを回す音が聞こえた。

「あ、もう来てぃ――」

開いた扉から、凜々《りり》しい声と共に見覚えのある中性的な顔立ちの少年が見えた。

俺が学院に来て最初に会った銀髪の少年――確か、エリルと呼ばれていたっけ。

「もしかして、ここの部屋の……?」

尋ねたのだが、目の前の少年は何も答えてはくれない。

それどころか、扉を開けたまま微動だにしなかった。

視線は俺の胸の辺りに向いていた。

(……ああ、なるほど)

「この胸の紋様が気になってるんだな?」

俺の胸――心臓の辺りには紋様があった。物心付いた時から傷跡のように残っていたから、自分では全く気にしていなかったのだが、他人が見ると気にな——

「ち——ちちち、ちがうよっ！　そうじゃなくて！　そうじゃなくてさ！　ど、どうして上半身裸なの⁉」

まるで悲鳴のような甲高い声を上げたエリルが、目を見開き驚愕《きょうがく》の表情を露《あらわ》にしていた。

「うん？　部屋の中で服を着ないことに、何か問題があるのか？」

「あ、あるよ！　あるに決まってるだろ！　だ、だって、ここは僕の部屋でもあるんだよ」

「なるほど……」

やはりこの少年が同室なのか。しかし、それほど驚くことだろうか？

「と、とにかく直ぐに服を着て！」

「……わかった」

取りあえず、言われるままに俺は服を着た。

「……もう、いきなりで驚いたよ」

「すまん。そんなに驚くとは思っていなかったんだ。これからは室内でも服を着用しよう」

「こ、こっちも取り乱し過ぎたよ。でも、これから一緒に過ごすことになるわけだし、最低限のマナーは守って欲しいかな」

そう言って少年は苦笑して。

「さっきは自己紹介もできずにごめんね。僕は二年のエリル・ハイネスト。エリルでいいよ。今日から宜しくね、マルス君」

エリルは右手を差し出してきた。

俺は差し出されたその手をじっと見つめる。

「どうかしたの？」

エリルの銀の双眸《そうぼう》が、少し上目遣い気味に俺を覗《のぞ》き込んできた。

「どうかしたというか、その手はなんだ？」

「え？　握手だけど？」

「あくしゅ？　それはなんだ？」

「なんだって…………え？　もしかして、本当に知らないの？」

問われ、俺は首肯した。

「え、え〜と？　握手っていうのは……そうだな、信頼を深める為というか――そう！　友達になる為にするんだ！」

「なんだと⁉」

それはいいことを聞いた。

まさか『あくしゅ』というものが、友達になる為に必要な過程だったなんて。

ならば絶対にマスターしなければならない。

「そ、そんなに驚くようなことじゃないよ。こうやって手を差し出して――あ、一応、この国のマナーだと右手を差し出して、お互いの手を握るんだ」

エリルは俺の目を見て、その柔和な表情を綻《ほころ》ばした。

「こ、こうか？」

俺が戸惑いながら手を差し出すと。

「うん！」

エリルは頷き、しっかりと俺の手を握ってくれた。

なるほどな。手を握る。だから、握手なのか。

「ど、どうだ？　俺の握手に問題はないか？」

かなり心配だったので聞いてみたのだが。

「あははっ、そんなに難しく考えなくても大丈夫だよ。ちゃんとできてる」

「そ、そうか」

優しい微笑みと共に問題ないと確証を得られ、俺の心は安堵《あんど》した。

俺の師匠《アイネ》も、友達の作り方は一切教えてくれなかったからな。

友達を作る為に、これから学んでいかなければいけないことが沢山ありそうだ。

「それじゃあ改めて、今日から宜しくね」

「ああ。マルス・ルイーナだ。俺もマルスでいいぞ。こちらこそ宜しく頼む」

「わかった。じゃあマルスって呼ばせてもらうね」

俺はエリルの手をしっかりと握り返した。

男にしては小さな手なので、あまり強く握ると壊れてしまいそうだ。

「ま、マルス。そろそろ離してくれると嬉《うれ》しいな」

「え？」

「握手は、ずっと握ってなくてもいいんだよ。親しくなりたい人への挨拶《あいさつ》だから。挨拶ってそんな長々とするものじゃないでしょ？」

「そうか」

言われて俺はエリルの手を離した。

握手は長々とするものではない。覚えておこう。

素直に頷く俺を見て、エリルは苦笑していた。

しかし、まさかこの少年が俺の同室とは。上から下へ、下から上へ少年の姿を観察する。

（……随分と線が細いな）

ちゃんと食べているのだろうか？

身長は俺より少なくとも十センチメートルは低く、男にしては全体的に小柄だ。

俺を見上げる銀の瞳《ひとみ》は、凛々しく利発な印象を受けた。

最初に会った時も思ったが、誰が見ても整っていると感じるだろう美しい容姿をしている。

中性的で、顔だけ見れば少女だと見間違えるくらいの美少年だ。

「どうかしたの？」

「エリルって、女みたいだな」

「っ――!?」

率直な感想を述べただけなのだが、ビクッと身体を揺らし激しく動揺してみせた。

「ど、どこをどう見たらそんな風に思うの！」

が、直ぐにムスッとした顔で、軽く、本当に優しく、胸の辺りを小突いてきた。

「悪い。だが、本当にそう思ってな」

「はぁ……よく言われるんだよね、でも、僕は男の子だよ？」

辟易《へきえき》した態度から、如何《いか》に同じことを言われ続けていたのかがわかる。

エリルを女だと思うのは、どうやら俺だけじゃないらしい。

（まぁ……この容姿では誤解されるのは仕方ないだろうな……）

もしこれで服が女物であれば誰も疑うまい。

「もう少し身長があれば、余計な誤解をされずに済むのかなぁ……」

「髪が長いからってのもあるだろ？」

作り物のように美しい銀髪を、エリルは一纏《まと》めにし黒い紐《ひも》で結んでいた。

男に対して美しいという表現は的確かわからないが、エリルに関してはそう表現しても問題はないだろう。

美しい髪の女は多くいるかもしれないが、エリルの髪の美しさには遠く及ばない気がする。

「……髪はどうしても切りたくないんだよね。性別を間違われたとしても」

そう言いながら物憂げに髪に触れているエリルの姿は、やはり女にしか見えない。

だが、男らしく見られたいからといって、これほど美しい髪を切ってしまうのは確かに勿体《もったい》無い。

「別に切らなくていいだろ？　こんな綺麗《きれい》な髪なんだ。切りたくないなら切る必要はない。男らしく見られたいなら、他にいくらでも方法はあるだろうしな」

「……」

エリルが不思議な物でも見るみたいに、目を丸くして俺を見ていた。

「どうしたんだ？」

「あっ……いや、友達にそんなことを言われたのは初めてだったから、びっくりしちゃって……。でも、そう言ってくれて嬉しいよ。ありがとう」

「友達……？」

それはもしかして、俺のことを言っているのだろうか？

「僕はそのつもりなんだけど、いきなり、なれなれしかった？」

（なんだと……!?）

どうやら俺達は、もう友達になってしまったようだ。

「これが握手の力か！」

「あ、握手の力……ではないかもしれないけど……」

なぜエリルが困った顔で苦笑しているのかはわからなかったが。

（知らなかった……友達というのが、こんなに突然できるものだったとは……）

なんの努力をすることもなく、友達を作るという目的が叶《かな》ってしまった。

握手、ありがとう！　握手の力は凄《すご》い！　本当にそう思った。

「じゃあ、エリルは俺の友達になってくれるのか？」

「うん。言ったでしょ、僕はもうそのつもりだって」

微笑み、エリルは再び俺に手を差し出した。

笑ったエリルの顔は少女のように可愛らしいが、当然その思いを口に出すことはせず。

俺は差し出されたその手をしっかり握り返した。

こうして俺に、最初の友達ができたのだった。


それから直ぐに鐘の音が鳴って。

「マルス、良かったら食事に行かない？」

エリルの言葉を皮切りに、俺達は食堂に行くことにした。

食堂というのは、この宿舎の中で食事を取れる場所らしい。

部屋を出ると廊下は生徒たちで喧々《けんけん》とし、三々五々と階段を降りていく。

「皆、食事の時間になると直ぐに移動を開始するんだよ。学院の授業は実技も多いから、身体を動かした分、お腹も減るんだよね」

周りに続くように階段を降りながら、エリルがそんな話をしてくれた。

実際、食堂に着いてみると、その言葉を証明するように多くの生徒で埋め尽くされている。

宿舎に住む種族の割合は、やはり人間《ヒューマン》が多いようだが、森人《エルフ》や狼人《ウエアウルフ》、鍛冶人《ドワーフ》、小人《ハーフリング》など、様々な種族が確認できた。

「多くの種族が共存してるんだな、ここは」

「うん。僕も最初は驚いたよ。でも、考えてみたら当然のことだよね。ここは人間《ヒューマン》の学校じゃない。冒険者の育成機関として、種族を問わず優秀な生徒を集めてるんだから」

これだけ多くの種族が入り乱れていれば、小競り合いが頻繁にあってもおかしくなさそうだ。

「色々な問題はあるけど、それは生活していく上でわかっていくと思うから。それよりも、今は食事にしようか」

エリルは食堂のカウンターを指差した。

「あそこに皆が料理を受け取っているカウンターがあるよね？　まずはあそこでトレイを受け取って、メニューが三種類あるからその中から選ぶ」

「トレイ？」

「ほら、みんなが手に持っている板みたいのがあるでしょ？　あれに料理を載せるんだよ」

「なるほど」

食堂の料理はああやって受け取っていくのか。

カウンターにはネルファが次々と料理を運んでいた。

そこにはメニューの看板が立て掛けられていて。

『本日のオススメ料理』
・鶏肉のソテー塩レモンバターソース仕立て
・白身魚のトマトソース煮

・野菜たっぷりラム肉のシチュー

メニューを確認したが、どれも食べたことがない料理だ。

そもそも、俺は元々食事に拘《こだわ》りはなく、作る料理といったら自分で狩った魔物の肉を焼いて食べたり、山菜を採って食べたりと、料理というには非常にお粗末なものばかりだった。

しかし、ここで出てくる料理は遠目から見てわかるくらい見目麗しく高級感がある。

カウンターに並んでいる生徒が次々に料理を受け取って、直ぐに俺達の番が回ってきた。

「あ、マルスさん、エリルさん」

忙しく料理を運んでいたネルファだったが、俺の姿を見かけると料理を運ぶ足を止め、わざわざ挨拶をしてくれた。

「いらっしゃいませ。お二人とも、もう仲良くなったのですね」

「ああ、友達になったんだ」

「それは良いことですね。では、お二人の友情の記念に、今夜は特別にサービスです！」

「僕もいいんですか？」

「はい、勿論《もちろん》でございます。まずは料理をお選びください」

「どれも美味《うま》そうだが、ネルファのオススメはどれだ？」

「全て自信を持っておりますが、強いてあげるのであれば、マルスさんには鶏肉をオススメ致します。本日編入されたばかりでお疲れだと思いますので、肉体の疲労回復効果がある鶏肉とソースのレモンは、今のマルスさんにぴったりの料理です。また、主食にはライスをオススメ致します」

と、即時返答。主人の疑問に素早く返答する、正に使用人《メイド》の鑑《かがみ》だな。

「なら、それにする」

「じゃあ、僕はシチューを」

薦められるままに、カウンターに運ばれてきた鶏肉をトレイに載せた。

「それでは、これはお二人へのサービスです。食後のデザートとしてお召し上がり下さい」

俺とエリルのトレイの上に、透明な袋が置かれた。

「クッキーですか。ありがとうございます。後でいただきますね」

「クッキーか。嗜好品《しこう》の類《たぐい》だったか？」

俺も、クッキーはたった一度だけだが食べたことがあった。

（……懐かしいな）

物心付く前――まだ師匠《アイネ》が生きていた頃、一度だけ嗜好品を買ってきたことがあった。

俺自身、嗜好品の類にはそれほど興味がなかったのだが、あの日、『食べてみろ』と言われ食べたクッキーの味は、とても甘く幸福感に包まれたっけ。

（今思えば、そんなものを買ってきたのは、彼女の気まぐれだったのだろうけど……）

「もしかして、甘いものはお嫌いでしたか？」

黙り込んでいた俺の様子が気になったのか、ネルファは心配そうに俺を見ていた。

「……いや、そんなことないぞ。クッキー、ありがとな」

「はい！」

俺の返答に、ネルファは満足そうに微笑んだ。

料理を受け取った俺達は、空いている席を探し座った。

「じゃあ、いただこうか」

エリルは手を合わせて「いただきます」と一言。

俺も手を合わせ、そして食事を始めようとした時だった。

「ちょ――ちょっと待ってマルス！」

「うん、なんだ？」

目を見開いたエリルが、強い語調で俺を呼び止めた。

「なんだじゃなくて、ナイフとフォークを使おうよ」

「うん？　ナイフを使うほどではないし、フォークとはなんだ？」

「なんだって、食事をする時に使ったことないの？」

「ああ。食事を取る際にそんなものを使ったことはないが？」

「じゃ、じゃあ、今までどうやって食事をしていたの？」

「手掴《てづか》みだ」

「て、手掴みって、いくらなんでも野性的過ぎるよ！」

一体、何を驚いているのだろうか？

そんな俺の態度を見て、周囲の生徒も「クスッ」と笑いを漏らしていた。

「普通だろ？」

「普通じゃないよ！　今までどんな食事をしてきたの？」

「魔物の肉をさばいて、それを焼いて食ったりしてたぞ」

「魔物の肉!?」

「ブータを丸焼きにしたこともあるが？」

「ブータって、豚の魔物の？」

「ああ、あれはかなり美味いぞ！」

「一体、今までどんな暮らしをしてきたのさ……。生まれ育った文明が違う気がするよ」

半ば呆《あき》れたように、エリルは困惑していた。

ラーニアにしろエリルにしろ、俺と話したものは不思議と頭を抱える傾向にあるようだが、俺は何か問題があるようなことを言っているだろうか？

「と、取りあえず、マルスがちょっと変わった環境で生きてきたのはわかったよ。でも、この学院に来た以上、ある程度はここの常識を知っていく必要はあると思うんだよ」

「なるほど」

確かにそれは一理ある。

ラーニアにも常識が欠けていると言われたし、知っておいて損をするものではないだろう。

「だが、一般常識というのはどうやったら知ることができるんだ？」

見当が付かない。

そもそも、今までの生活が俺にとっての常識であって、いきなりそれを変えるのは難しい。

それはこの国の王様に、俺と同じような生活をしろと言ってもできないのと一緒だ。

「僕がマルスに教えてあげる。折角同室になったんだし、簡単に教えられることならだけどね」

「いいのか？」

「うん、勿論だよ。友達だからね」

友達——。俺にとって初めての友達であるエリルは微笑を浮かべた。

「エリルは優しいんだな」

「これくらい普通だよ。でも、マルスはこれから大変かもね。覚えることが色々あるだろうから」

「大丈夫だ。必要なことがあれば覚える。物覚えはそこそこいいんだぞ」

「だったらまずは、最低限のナイフとフォークの使い方を覚えなくちゃね」

言ってエリルは席を立ちカウンターに向かうと、ネルファからナイフとフォークを受け取って席に戻ってきた。

「まずはナイフとフォークを持ってみて。先端が尖《とが》っているナイフを右手に、刃が付いているフォークを左手に。持ち方はこうね」

説明されるままに、右手にナイフ、左手にフォークを持った。

「うん。そうしたら端の方をフォークで刺して、口に入るくらいの量をナイフで切るんだよ。そうしたら、小さく切った肉を口に運んで食べる」

口で説明しながら、動作を見せてくれた。

「意外と簡単だな」

「なら、やってみようか」

エリルの真似をして、俺は鶏肉を切ろうとフォークを刺しナイフで切ったのだが。

「ぁ――」

「あまり力を入れなくても大丈夫だよ」

「……あ、ああ。そんな力は入れていないのだが、マズいことになった」

「？　どうしたの？」

「鶏肉の下にある皿を切ってしまった」

「え？　お皿が？　もう、そんな簡単にお皿は切れないよ」

苦笑するエリルだったが、俺が綺麗《きれい》に真っ二つに切ってしまった皿を持ち上げてみせると。

「わっ、本当に綺麗に割れてる――って……え、ええええええええええええ!?」

真っ二つに切られた皿を見て、苦笑を絶叫に変えた。

「どんな馬鹿力を出せばお皿が切れるの！」

「いや、普通に鶏肉を切っただけなのだが」

「普通に切っただけなら、お皿は切れないよ！」

怒られてしまった。

「……はぁ、食事の後、ネルファさんに謝らないとね」

「……すまない」

「しょうがないよ。初めからなんでも上手くやれる人なんていないよ」

だが、やはりエリルは優しかった。

「お皿の破片は大丈夫？」

「ああ、自分で言うのもなんだが、破片など出ないくらいに綺麗に切れているようだ」

「一応、取り替えてもらう？」

「いや、その必要はない。このままいただこう」

「でも、危ないかもしれないよ？」

「大丈夫だ。以前飢えから毒草を食ったこともあるが、その時も死にはしなかったからな」

「毒草って、流石にそれは冗談でしょ？　まあ、食べられそうなら捨てるのも勿体無《もったいな》いもんね」

どうやら冗談に思われたようだ。

まあ、わざわざ本当だと言い返す必要もないだろう。

俺は少し大きめに切った鶏肉をそのまま口に運んだ。

「——!?　こ、これは……」

俺も、鶏肉は食ったことがあった。

その時は丸焼きにしてかなり香ばしい匂いと味を楽しんだものだが。

この料理は、その時の鶏肉の味とはまるで違った。

鶏肉とは思えないほど肉汁が口の中を満たしながらも、爽《さわ》やかな味わいで脂っぽさがまるでない。

メニューに塩レモンソースと書かれていたが、鶏肉にかかっているこのソースの効果だろうか？

俺は料理に詳しいわけではないが、それでもこの料理に様々な趣向が凝らしてあるのがわかった。

「めちゃくちゃ美味いな。ここの生徒は、普段からこんなものを食べているのか？」

「驚いたみたいだね。ネルファさんて料理が凄《すご》く上手なんだよ。噂だとこの国の王様から直々に料理長にって誘いがきてるとか」

そうだとしても、全く不思議ではないだろう。

食にそれほど興味のなかった俺だが、これほどの料理を食べてしまうと食事の価値観が変わってしまいそうだ。

「他の料理も食べてみたいな」

「良かったら、僕のシチューも食べてみる？」

「いいのか？」

エリルが選んだ料理は、シチューというスープのような料理だ。

どんな味がするのか非常に興味があるのだが。

「うん、いいよ。じゃあ、スプーンを借りてこないとね……」

エリルが手に持っているのがスプーンという物か。

「別に借りてこなくてもいいぞ？　エリルが使ってるスプーンを、貸してくれよ」

「――えっ⁉」

俺が手を伸ばすと、エリルは何を驚いたのかビクッと身体を揺らし、持っていたスプーンをトレイの上に落とした。

「どうかしたのか？」

「え、あ、う、ううん。ご、ごめん、なんでもないよ。す、スプーン落としちゃったから、使わない方がいいかも」

「そのくらい、大丈夫だろ？」

「……え、あ、う、うん……わかった」

なぜか恥ずかしそうに頬を赤く染めるエリルだが、躊躇《ためら》いながらも俺にスプーンを手渡してくれた。

「これで、掬《すく》って食べればいいんだよな？」

「う、うん」

これなら使うのも簡単そうだし、食器を壊す心配もなさそうだ。

そう思いながらシチューを掬おうとすると、エリルはちらちらと俺を見ていた。

まさか――。

「エリル、もし問題があるなら言ってくれ。無理に食事を渡す必要はないぞ？」

「へ……？」

「自分の糧が減るのは、面白いことではないからな」

一日の糧を得るには、それなりの対価が必要なのは当然のことだ。

だが、今の俺にはエリルに払うべき対価がない。

「編入したばかりの俺を気遣ってくれたのかもしれないが、なんの対価も払えない以上、これはお前が食べるべきだ」

「え、い、いや、違うよ！　僕が気にしたのはそういうのじゃなくて――」

何かを言おうとしたエリルだったが、結局何も言わずに顔を逸《そ》らした。

その顔はなぜか赤くなっている。

「と、とにかく、マルスは気にせず食べていいの！」

「……そうか？　なら、ありがたく頂くが」

（なんだか、やけにムキになっている気がする……？）

借りたスプーンで、シチューを掬ってパクッと一口。

「美味い……！」

「でしょ」

あまりの美味さに言葉を失っている俺に、エリルは笑顔を向けてきた。

いや、美味いことは予想していたが、まさかここまでとは思わなかった。

こういう味を濃厚というのだろうか？

スープが舌を包み込むように広がっていく。

「これほど美味い料理を一日に二品も食べられるなんて、今日は幸福な一日だ」

「そう思えるくらい、美味《おい》しいよね」

「エリルにも感謝しないとな。この礼は必ずする」

「それは僕じゃなくて、料理を作ってくれているネルファさんにしないと」

「でも、実際自分の糧を分けてくれたのはエリルだからな。この礼は必ずする。もし何かあったら、いつでも俺に言ってくれ。必ず助けになる」

言って、スプーンをエリルに返そうとしたのだが、エリルはそれを受け取らず俺を見ていた。

その瞳《ひとみ》は何かを訴えかけようとしているようにも見えたのだけど、ただそれは本当に少しの間で。

「……そうだね。その時は、お願いするね」

直ぐにエリルは微笑み、スプーンを受け取った。

「そういえば、マルスはここに来る以前は、どこか別の学院にいたの？」

「いや、特別な教育機関には身を置いたことはないな」

なにせ、ここに来る前は無職だったからな。

「そうなの？　ラーニア教官が推薦した生徒って聞いてたから、てっきりどこかの教育機関からの編入だと思ってたんだけど」

「俺の場合は、かなり特殊な感じだとは思うぞ」

なにせ、たまたま会ったに近いからな。

「特殊かぁ……。でも、ラーニア教官が推薦で編入させるくらいだから、マルスの実力はそうと」

エリルが何かを言い掛けた時だった。

「へぇ――見かけない顔だと思ったら、お前、編入生かよ」

突然、俺の左隣にトレイが置かれた。

俺は視線だけ動かし相手の姿を確認する。

「セイル……」

エリルにセイルと呼ばれた狼人《ウェアウルフ》の男は、許可も取らずに俺の隣に腰を下ろした。

「知り合いか？」

「……うん。同じクラスなんだ」

同じクラスという割には、二人の様子は友好的には見えなかった。

エリルは顔を伏せ、その声は暗い。

「おいおいエリル、編入生が何も知らないのをいいことに、仲良くなろうってか？」

なんだこいつは？

急に俺達の会話に交ざってきたかと思えば、わざとらしいくらいの皮肉を並べてくる。

なぜエリルは文句の一つも言わないのだろうか？

「テメエみたいな『落ちこぼれ』と関わってたら、編入生にまで無能が移っちまうじゃねえか」

落ちこぼれ？　無能？　なんのことだ？

「なぁ～編入生、こんなヤツとは関わらない方がいいぞ」

高圧的でなれなれしく、セイルと呼ばれた生徒は俺の肩に腕を回してきた。

「お前はここにきたばかりだから、何も知らねえだろうけど、こいつは――」

「お前、少し黙れ」

「は……あ――ああああ、うあああああああああああああああっ！」

俺はセイルの背後に回り込み、腕を締め上げた。

そのお陰で、食堂にいる生徒の視線が俺達に集まっていた。

「ただ腕を締め上げただけで大袈裟《おおげさ》なヤツだな」

「ぐっ——ああああああ、て、てめぇぇぇぇぇぇぇ！」

「やめて欲しけりゃ、エリルに詫《わ》びろよ」

「な、なんでオレがこの落ちこぼれに……っ——う、があああああ」

俺はさらに強く狼人《ウエアウルフ》の腕を締め上げたのだが。

「ま、マルス！　もういいから！　僕はもう気にしてないから！」

「エリルがそれでいいなら、構わないが……お前、エリルの寛大さに感謝しろよ」

俺は仕方なくこの狼人《ウエアウルフ》を解放してやった。

「ぐ——クソがっ！　親切心で声を掛けてやったってのに！　覚えていやがれ！」

「お前、発言がいちいち小物だな」

「——っ!!!!!!」

セイルは怒りで歪《ゆが》んだ醜い顔で俺を睨《にら》んでいたが、結局何もできずに食堂から出て行った。

「どんなに食事が美味くても、ああいうクズがいちゃ楽しめないな」

「……ごめんマルス。僕のせいで……」

エリルに謝られる理由はないのだが、俺が『食事が楽しめない』と言ったことを、エリルは自分のせいだと感じたのかもしれない。

「エリルのせいじゃないさ。折角の料理だ、冷める前に食っちまおうぜ」

「……うん」

まだ気に病んでいるのか、エリルは弱々しく微笑んだ。

それから食堂にいる間、エリルは心此処《ここ》に在らずといった様子で、話しかけても頷《うなず》くばかりで大した反応は返ってこなかった。

※

食事を終えて部屋に戻ってきても、エリルの表情は暗いままだ。ベッドに座り、何も話すことなく顔を伏せている。二段ベッドなのだが、俺は上を使えばいいのだろうか？

（……一応、確認してみるか）

「なあエリル、俺は上のベッドを使えばいいんだよな？」

見たところ、上のベッドも下のベッドも、どちらも新品同様で皺《しわ》や染み一つない。

「あ……うん、もしかして下の方が良かった？」

「いや、どっちでも大丈夫だ。それじゃ、俺は上を使うよ」

上のベッドに上がって、そのまま寝転んだ。

フワフワとした感触が眠気を誘ってくる。

しっかりとシーツを干してあるのか、太陽の匂いを感じた。

あまりの気持ちよさに、このまま眠ってしまいたくなる。

「……マルス」

真下から、弱々しい声に名前を呼ばれた。

「うん？」

「聞かないの？　……さっきのこと？」

「何か聞いてほしいことがあるなら聞くが、そうじゃないなら聞かない」

「……ごめん」

「謝ることじゃないだろ？」

「……ありがとう」

「おう。感謝の言葉なら受け取っておくよ」

エリルの声に、徐々に明るさが戻っていく。

この学校で何が起こっているのかはまだわからないが、エリルは俺の友達だ。

落ち込んでいるなら、元気付けてやりたいと思う。

俺の師匠《アイネ》も言っていた。

『友達が出来たら命を懸けて守れ』と。

『そうすれば、友達もきっと自分《おまえ》を守ってくれるから』と。

考えてみれば、俺が友達という存在に興味を持ったのは、この一言が切っ掛けかもしれない。

今まで俺には、友達や仲間と呼べる人は一人もいなかったけど、少なくとも今はここにいる。

だから、いざとなれば俺がエリルを全力で守ろう。

「ねえマルス、感謝ついでってわけじゃないけど、ここの先輩として僕から一つアドバイス。直ぐにとは言わないけど、今のうちに浴場に行った方がいいよ。お湯が張られているのは夜のうちだけなんだ。ベッドでごろごろしていると眠っちゃうから」

「浴場というのは、どういう場所なんだ？」

「入浴する場所。そこで、汗を流したり身体を洗ったりするんだよ」

「なるほど、湯浴みをする場所か」

俺の師匠《アイネ》は湯浴み好きで、俺がガキの頃に魔術でお湯を作る方法を教えてくれた。

そのせいというわけではないが、俺も湯に浸かるのは嫌いではなかった。

だから、この学院の浴場というものに非常に興味が湧いた。

（……行ってみるか）

重い身体を起こし、ベッドを降りた。

このまま眠ってしまいたい衝動はあったが、今日は随分汗を掻《か》いて気持ち悪いしな。

「なら、行ってくるかな。エリルも一緒にどうだ？」

「……悪いけど、僕は後にするよ。少し考えたいこともあるし……」

もしかしたら、自分がいることでトラブルが起こると危惧《きぐ》しているのだろうか？

（あの程度なら、正直なんでもないが……今は、無理に誘う必要もないか……）

「わかった。それじゃ行ってくるよ」

そうして俺は部屋を出て、浴場に向かった。

〈エリル視点〉


一人になった部屋の中で、僕は食堂でのトラブルを思い返していた。

(親しくなるべきじゃなかったのかな……)

僕の配慮が足りなかった。

今日学院に来たばかりの同居人を、早速トラブルに巻き込んでしまうなんて。

(……遅かれ早かれ、マルスも知っちゃうよね……僕が起こした事件のこと)

いや、それ自体は構わない。

あれは自業自得、自分の未熟さが原因で起こった事だ。

でも、もし彼が僕と同室という理由で、またトラブルに見舞われるとしたら。

僕が原因で、彼個人を攻撃するような者が現れる可能性だってゼロじゃない。

(……やっぱり、マルスの部屋を変えてもらったほうがいいかもしれない。明日《あした》、ネルファさんに相談してみることにしよう……)

それがマルスの為だと、僕は思ったのだ。

(でも……嬉《うれ》しかったなぁ)

再び食堂での事を思い返した。

今度はイヤなことでない。

マルスが自分を助けてくれたこと。

たった一口、シチューを分けただけで、マルスは『必ず助けになる』なんて、堂々と言っていた。

それは都合のいい甘言で、心の底から出た言葉だなんて思っていなかった。

(……でも、違ったんだね)

マルスは本当に、僕を助けてみせた。

何の事情も知らないはずなのに、迷いもなく行動してみせた。

彼の言葉には嘘がないのだ。

(友達だなんて言っておきながら、彼を軽く見ていたのは僕の方だったんだな……)

情けない。

そんな自分を恥じる。

そして同時に、この感謝をいつか必ず彼に返そうと、僕は決意するのだった。


〈マルス視点〉


(……湯浴みをするにはかなり広い場所だったな)

数十人はまとめて利用できるほど、ここの浴場は広かった。

ここにいる生徒全員が利用しているだけのことはある。

しかも決められた時間内なら常時湯が沸いているなんて。

（……一体、どんな魔術を使っているのだろうか？）
ここに来てから、俺は驚いてばかりだ。
食事は美味いし、学院は城みたいだし、龍とも戦うことになるし。
何より——早速友達ができてしまった。
（エリル、どうしてるかな？）
そんなことを思いながら部屋に戻ると、室内にはエリルの姿はなかった。
すれ違いで浴場に向かったのだろうか？
（……まぁ、そのうち戻ってくるか）
俺は、ベッドに寝転がった。
すると案の定、直ぐに眠気は襲ってきて。
これは、エリルが戻るまでもちそうにない。
俺は襲い掛かる欲求を受け入れ、深い眠りに落ちていった。

※

ガチャ——扉の取っ手が回る音と。
（……うん？）
ガサガサ——何かをまさぐるような音で、意識が呼び起こされた。

エリルが戻ってきたのだろうか？

辺りは薄暗い。

部屋の明かりはいつ落とされたのだろうか？

身体を起こし、ベッドの上から視線を下に向けると、浴場から戻ってきたばかりなのか着替え中のエリルがいた。

背を向けているが上半身は何も身につけていないようだ。

纏《まと》めていた髪を解いているので身体を動かす度に、濡《ぬ》れた銀色の髪がサラサラ揺れる。

カーテンの隙間から差し込む月明かりに照らされた美しい髪は、まるで宝石のようにキラキラと煌《きらめ》いているように見えた。

「エリル」

ベッドの上から声を掛けると。

「っ——ま、マルス⁉」

ビクッと身体がはねたかと思えば、声まで上擦らせていた。

驚かせてしまっただろうか？

「もう寝てるのかと思ってた……」

「ちょうど目が覚めた」

「ごめん。……起こしちゃったかな？」

顔をこちらに向けず、エリルは後ろ向きのまま話している。

着替え中だった手も止めて、一切身動きを取らない。

まるで、極寒の地で身体が凍ってしまったようにピクリともしないのだ。

「いや、エリルが戻ってきたら起きようと思ってたんだ」

「そ、そう。でも……マルス疲れてるんじゃない？　今日はこのまま寝ちゃった方がいいよ。僕も、着替えたら直ぐに寝るからさ」

確かに少しばかり疲れている。

何より、このベッドが心地良すぎるのだ。

以前、俺が使っていたベッドなんて、身体が痛くなるくらい硬いものだったしな。

それでも、冷たい床で眠るよりは遥《はる》かにマシではあったのだけど。

「……なら、今日はこのまま寝ちまうかな」

「明日は編入初日だしね」

「そうだな……」

起こした身体を、ベッドにうずめる。

フワッとした感触が俺の身体を包んだ。

「おやすみ、マルス……」

おやすみと言われるのは久しぶりだし、寝る時に、誰かが傍にいるのも久しぶりだ。

師匠《アイネ》が死んでからは一人で生活していたので、一人でいることには慣れていたけど、寝る前にこうやって声を掛けてくれる人がいるというのは、決して悪くない。

「おやすみ、エリル」

久しぶりに感じた不思議な感情を抱きながら、俺は再び眠りに落ちるのだった。

第三章　学院の一日

「マルス、起きて」

「……？」

目を開くと見慣れない天井が見えた。

木製の少し濃い目の色の天井だ。

このまま立ち上がると、頭をぶつけてしまいそうなくらい天井の位置は近い。

「目は覚めた？」

下から声が聞こえてきた。

ベッドから顔を出すと、既に制服に着替えたエリルの姿が見えた。

「おはよう、エリル」

「うん、おはよう。僕は食事に行くけど、マルスはどうする？」

どうやらもう、最初の鐘は鳴っていたようだ。

エリルがいなければ朝食が抜きになるところだった。

「俺も行くから、ちょっと待っててくれ」

直ぐに身体を起こした。

寝起きがいい方ではないのだが、今日は随分と思考がすっきりしている。

睡眠の質が良かったのか、身体の疲れもすっかり取れていた。

「それじゃ、行くか」

食堂には、ちらほらと生徒たちが集まり始めている。

俺と同じように寝巻きの人間もいるが、その多くが既に制服に着替えていた。

「おはようございます！　マルスさん！　エリルさん！」

はきはきとした高い声が、俺達の名を呼んだ。

「おはようネルファ」「おはようございます、ネルファさん」

俺とエリルが挨拶《あいさつ》を返すと、ネルファは満面の笑みを浮かべた。

「お二人は、本日の朝食はいかが致しますか？」


『朝食のメニュー』
・チーズハムエッグ
・トマトオムレツ
・ベイクドポテト
メニューは以上の三品だった。

「これ以外に、ライスかパン。たまごのスープが付きます」

「じゃあ――」

俺はチーズハムエッグにライス、エリルはトマトオムレツとパンを選んだ。

パンではなくライスにした理由は、フォークでライスを掬《すく》う練習をする為だ。

その狙いは上々の成果を上げ、今日は皿を割らずに料理を食べることができた。

これだけのことで、個人的にはかなり成長したように思える。

夕食に比べれば、朝食は簡易的なものだったがそれでも美味《うま》かった。

幸せな一時を終えて部屋に戻ると、エリルは革の鞄《かばん》を手に持って。

「僕は直ぐに学院に向かうつもりだけど、マルスはどうする？」

「先に行っててくれ。初日だから、ラーニアが迎えに来るとか言っててさ」

「ラーニア……って、マルス、教官のことを呼び捨てにするのは良くないよ」

（しまった……）

ここでは教官と呼べと言われているのを忘れていた。

まだ宿舎の中だからいいが、学院で言ったらラーニアがうるさそうだ。

「ラーニアにも気をつけろって言われてるから、口を滑らせないようにするよ」

「また言ってる」

「……気をつける」

あの女に舐《な》めた態度を取ったりしたら、実力行使されそうだもんな。

それはそれで面白そうだが。

「そういえば、マルスとラーニア教官は親しいみたいだけど、どこで知り合ったの？」

「いや、あいつが魔物に襲われてるところを助けたら、その時に誘われたんだ。だから、ここにきたのも本当に偶々《たまたま》なんだよな」

今思えば、ラーニアならあの魔物を始末できたのだろうけど、あの時はどこかの村娘が襲われているという勘違いから、条件反射で手助けしてしまったのだ。考えてみれば、あんな山奥に村娘がやってくる訳もないのだけど。

あの時の事を思い返していた俺に。

「教官を助けたって、マルスはどこまでとんでもないんだよ……」

値踏みするみたいにエリルの視線が上から下、下から上に動き、最後に俺の目をじ～っと見た。

「まさか、俺に惚《ほ》れたのか？」

「ばっ、バカっ！　惚れるわけないでしょ！　僕は男の子なんだよ！　も、もう行くからね！　教官が迎えに来る前に、準備は済ませておくんだよ」

俺なりの冗談を言っただけなのだが、エリルは顔を赤くして逃げるように出て行ってしまった。


それから一人、部屋でラーニアを待っていると。

――コンコンと扉を叩《たた》く音が聞こえ、返事をする間もなく扉が開かれた。

「制服、持ってきたわよ」

まだ朝食の終わりの鐘も鳴っていないので、もう少し経ってから来ると思っていたのだけど、考えていたよりも早くラーニアがやってきた。

「早いな」

「寝惚《ねぼ》けてるんじゃないかと思って、早めに来てあげたのよ」

「エリルがいなければまだ寝ていたな」

「それ、自信たっぷりに言うことじゃないわよ」

ラーニアは頭を抱えて溜息《ためいき》を吐いた後。

「ま、いいわ。外で待ってるから、さっさと準備しちゃいなさい」

俺に制服を手渡した。

サラッとした感触。

綻《ほころ》び一つない美しい生地だ。

俺は真新しいその服に袖《そで》を通した。

これで準備はできた。

（さて、今日から俺の学院生活の始まりだ！）

ほんの少し気合を入れて、授業の道具が入った革の鞄を持ち俺は部屋を出るのだった。

宿舎の外に出ると、約束通りラーニアは俺を待っていた。

「へぇ～、似合ってるじゃない？」

制服を着た俺を見たラーニアの第一声がそれだ。

「そうか？」

「ええ、中々男前よ。少なくとも、昨日のみすぼらしい格好よりはね」

（全く褒めてないな……）

だが、確かに普段俺が着ている服よりは、遥かにしっかりとした生地だ。

俺が持っている服の中では一番高級に違いない。

男子の制服は、清潔感のある紺色のシャツに白い生地のスラックスとシンプルなものだ。

上着も受け取っていたのだが、着ると流石に暑そうだったので置いてきてしまった。

もうそろそろ炎節になるだろうし、上着を着るのはもっと先になりそうだ。

「で、もう学院に向かうんだろ？」

「そのつもりでいたんだけど予定変更。まずは教会に寄っていくわよ」

なんでそんな場所に行くのか？

そう聞く前に、ラーニアは歩き出していた。

宿舎から学院に向かうまでの道、その間に教会が見えた。

「あんたは信仰している神はいるの？」

「いないな」

「でしょうね。あたしもよ」

そう言ってラーニアは笑った。

生き抜いていく上で、最後に頼れるのは自分の力のみだとラーニアも理解しているのだろう。

「この教会が信仰している神は、ユーピテルなのか？」

「ええ。その通りよ。この学院の名にもなっている全知全能の神ね。大陸全土で信仰者が一番多いんじゃないかしら？」

この大陸には多くの神話が残されていた。

神々の伝説を記した神話の中でも、ユーピテルは最も有名と言っていい。

多くの神話にその名を刻み、世の裁定、秩序を守護してきた神々の王にして、この大陸を創造した神と言われている。

俺自身、神を信仰しているわけではないが、絶対的な力を持つユーピテルの伝説は物語として嫌いではなかった。

だが、それと信仰心とはまた別の話だ。

「神様がいるなら会ってみたいもんだ」

「修道女《シスター》の前で、そんなこと言うんじゃないわよ？」

聖職者を相手に神を否定してもしょうがない。

神を信じ、どの神を信仰するのかは個人の自由なのだ。

そしてその者の心の拠《よ》り所になるなら、信仰心を持つ意味は十分にあるだろう。

それが、人が作った偽りの神であったとしても。

「さあ、着いたわ」

学院の敷地内にある教会は、一般市民の住む家屋を少し広くしたくらいの木造の建物だった。

（この学院の中では、最も質素な建物かもしれないな……）

扉を開き、俺達は教会の中に入った。

すると目に入ったのは、礼拝堂の奥——黒の修道服に身を包んだ女性が祈りを捧《ささ》げている姿。

その佇《たたず》まいは美しく、神秘的だった。

俺達はその場で立ち止まり、修道女《シスター》が祈りを捧げ終わるのを待って。

「修道女《シスター》」

祈りを捧げ終わったのを確認しラーニアが声を掛けた。

すると修道女《シスター》は振り向いて。

「あら？　ラーニア教官と……」

その視線は俺の前で止まった。

「昨日、この学院に来たばかりの生徒を連れてきたわ。何か問題を起こすかもしれないけど、いざって時は助けてやって」

「マルス・ルイーナだ。宜《よろ》しく頼む」

「マルス君ですね。この教会の管理を任されています、ユミナ・シュナックです。学院の教官として治癒魔術の授業を担当しています。何か困ったことがあれば、いつでも相談に来てください」

穏やかな振る舞い、穏やかな微笑み、全身から包み込まれるような優しさを発している。

神に仕える修道女《シスター》というのは、全員がこうなのだろうか？

見たところ、歳もまだ若そうだが……ラーニアがいるし、年齢の話題には触れないでおこう。

「それじゃ、あたしは学院に行くから。授業の時はビシバシしごいてやってね」

「その際には、精一杯努めさせてもらいます」

聖母のような笑みに見送られ、俺達は教会を後にした。

※

「さて、次は教官室に行くわよ」

学院の一階——入り口から右に進んだ突き当たりが教官室のようだ。

まずラーニアが教官室に入り、俺も続く。

数人が早速俺に目を向けてきた。

「今日から編入するマルス・ルイーナを連れてきたわ。みんな、しっかり面倒見てやってね」

随分とラフな紹介だ。

学院長の時とは態度がまるで違う。

俺は一人一人、教官の姿を確認していく。

ここの生徒と同じように、教官も人間《ヒューマン》が多いのかと思っていたのだが、見渡した限りでは今ここにいる人間《ヒューマン》の教官はラーニアだけのようだ。

「彼がラーニア教官が連れてきたって子なのね」

妖艶《ようえん》な笑みを浮かべる闇森人《ダークエルフ》の女。

「うむ、いい面構えをしている」

血の気の多そうな、髭《ひげ》をどっしりと蓄えた鍛治人《ドワーフ》。

「宜しくね～、マルスくん」

教官というにはあまりにも可愛らしい小人《ハーフリング》の女性。

などなど、様々な種族が混淆《こんこう》していた。

随分と個性の強そうな面子《メンツ》が揃《そろ》っているようだ。

「さて、これで教官方に挨拶《あいさつ》も終わったわね。後は教室であんたの紹介をするだけね」

ラーニアが言った直後――授業の開始を知らせる鐘《ベル》が鳴った。

※

「みんなも噂は聞いていると思うけど、この二年Aクラスに編入生が加わるわ」

教室の中からラーニアの声が聞こえてきた。

俺は扉の前で待つように言われているのだが。

「それじゃ、入ってきて」

ようやく教室に入ることを許され――ついに、俺の冒険者候補生一日目が始まる。

扉を開き教室に入った瞬間、ざわめきが起こった。

「こいつが、推薦で入ったたっていう……」

「噂の編入生ね」

「かなりの実力者なのかな？」

ざわめきの中、そんな声が聞こえてきた。

どうやら、俺が推薦で入ったということは、ほとんどの生徒が知っているようだ。

「あんたたち、騒ぐのは後にしなさい。マルス、取りあえず自己紹介を」

「マルス・ルイーナだ。今日から宜しく頼む」

教壇の前に着いた俺は、簡単に挨拶を済ませ教室を見渡した。

色々な種族の生徒がこの教室にいる。

教育機関に身を置いたことがない俺には、こういった環境で多くの種族が机を並べている姿が新鮮だった。

俺も今日からこの一員になるのかと思うと、なんだか不思議な気分だ。

「え〜と、マルスの席はエリルの隣ね」

ラーニアに言われ、エリルの姿を探す。

教壇から見て一番右奥、窓際の席にエリルが座っていて、俺に向かって小さく手を振ってくれた。

隣は空席だったので、どうやらあそこが俺の席のようだ。

「ほら、さっさと席に着きなさい」

ラーニアに急《せ》かされ、俺は自分の席に向かい着席した。

「同じクラスだったんだな」

「多分、同じクラスかなって思ってた。マルスは『推薦』って聞いてたからね」

「ん？　どういう意味――」

その言葉の意味を尋ねようとすると。

「では、授業を始めるわよ。今日は新人の歓迎会も兼ねてA、Bクラス合同の特別授業にするわ」

『特別授業』と宣言したラーニアの言葉に、教室中が生徒達の声でざわめき立った。

「特別授業って、何をするんです？」

獣人――兎人《ラビット》の少女が右手を挙げ、暢気《のんき》そうな声でラーニアに質問していた。

「それは後で説明するから、各自、魔石を持って戦闘教練室まで移動しなさい」

ラーニアがそんなことを言ったのだが。

「教官、魔石というのは？」

「あら？　あんたにはまだ渡してなかったかしら？」

「ああ、渡されていないが？」

授業の道具は一式渡されているが、それは学院の授業で使う本《きょうざい》ばかりだ。

魔石というくらいだから、魔法道具《マジックアイテム》の類《たぐい》なのだろうけど。

「そう……なら、あんたはいいわ。取りあえず戦闘教練室に向かいなさい」

そう指示だけ出して、ラーニアは教室を出て行ってしまった。

それに続くように生徒達も速やかに移動を開始する。

「エリル、俺達も――」

「あの……二人は知り合いなんですか？」

唐突に声を掛けてきたのは、俺の前の席に座っていた少女だ。

そして、俺はこの茶髪の少女に見覚えがあった。

昨日、正門の前でエリルと話していた時に、その会話を遮ってエリルを連れ去って行った少女
――確か、ミリリカとか呼ばれていたか？

「うん、宿舎で同室になったんだよ。マルス、紹介するね。彼女は僕の友達で――」

「ミリリカ・バッファです」

自己紹介と共に、温和で親しみのある笑みを俺に向けた。

「マルス・ルイーナだ。ミリリカ、これから宜しく頼む」

「はい、こちらこそ宜しくお願いします」

俺の言葉に、ミリリカはペコリと頭を下げると茶色い髪がサラりと揺れた。

ぱっと見た感じだと、大人しく温和そうな少女だった。

エリルの友達なら、これからミリリカとも親しくなれる可能性もあるかもしれない。

「取りあえず、僕らも移動しようか。マルスは戦闘教練室の場所はわかる？」

「各階にどんな施設があるのか説明は受けたが、正確な場所までは教えてもらってないんだよな」

「なら、案内するよ」

そして、俺達は教室を出て戦闘教練室に向かった。

歩きながら、俺はさっき言い掛けたことを改めて聞いてみた。

「なあエリル、さっき『推薦』だから同じクラスだと思ってたって言ってたけど、あれはどういう意味なんだ？」

「この学院には各学年に二つのクラスがあるんだ。そして、クラスは定期試験の成績でＡとＢに分けられる。成績の上位半分がＡクラスでそれ以外がＢクラス。つまり、教官の推薦で入学するほどの実力があるマルスは、Ａクラスに入る可能性が高いと思ってたんだ」

「なるほど。成績でクラスを分けるというのは、実力主義の冒険者育成機関《このがくいん》らしいな」

「ここの生徒は常に篩《ふるい》に掛けられていますからね。レベルの近い者同士で訓練した方が授業の効率も上がるんです」

ミリリカがそんな説明をしてくれた。

「成績次第ではＢクラスからＡクラスに上がれるし、ＡクラスからＢクラスに落ちることもある。Ａクラスに残りたいなら、常に向上心を持って自分を高めていく必要があるんだ」

クラス分けという目に見える結果が出る以上、生徒達も中途半端な気持ちで訓練はできないというわけか。

「そういえばマルス、さっき教官に魔石について聞いていたみたいだけど……？」

「ああ、その魔石っていうのを、俺は渡されてなくてな」

「え……マルス君、魔石を渡されてないんですか？」

俺の言葉に、エリルとミリリカは顔を見合わせ目を見開いた。

「……教官は、どういうつもりなんでしょうか？」

「魔石ってのは、そんなに大事なものなのか？」

「大事というか……この学校の訓練で必要になるものなんだ」

エリルはポケットの中から無色透明の円形の石を取り出した。

「これが魔石。魔石というのは魔法道具《マジックアイテム》の一種で、魔力を込めることで持ち主にあった装備に変化するんだ。ここの生徒たちにとっては、装備診断のようなものだね。魔石は本人の能力を最も活かせる武器や防具になる。剣になれば剣の適性があるし、槍《やり》になれば槍の適性がある。それに、魔石から変化した武器は鍛冶職人《スミス》が製作した武器に比べ殺傷能力は低いから訓練には最適なんだ」

「訓練用の装備ってわけだ」

「うん。授業をする上でも必要なものだから、渡しておいた方がいいはずなのに……」

「ま、とりあえず素手でもいいだろ」

「マルス君は、素手での戦いを得意としているんですか？」

「いや」

「だったら訓練にならないじゃない。得意な武器で訓練するから意味があるんだよ」

呆《あき》れたようにエリルは苦笑を浮かべたのだった。

教室を出て階段で五階まで上がり、俺達は右に曲がった。

それから真っ直ぐ進んでいくと扉があり、その中に入っていく。

するとそこには、闘技場を連想するような空間が広がっていた。

室内にもかかわらず砂や土が敷かれしっかりと整備された地面。

広々とした空間を大理石のようなものが円状に囲っている。

その円の外側には、いくつもの観戦席のようなものまで用意されていた。

「室内とは思えないな……」

「わたしも、初めてここに入った時は学院の中とは思えませんでした」

「剣闘士たちが闘う闘技場《コロッセウム》みたいだよね」

流石に生徒同士で殺し合いをさせるわけではないだろうが、多くの者がそんな印象を持ちそうだ。

「全員集まってるわね？」

戦闘教練室に到着したラーニアが、生徒たちを見回した。

「では、Ａ・Ｂクラス合同の特別授業を始めるわ。授業の内容は至極単純——誰かマルスと戦ってみたい者はいるかしら？」

いきなりの突拍子もない発言に、生徒たちがざわつき始めた。

「あら？　誰もいないの？　ルールはいつもの戦闘訓練と一緒よ。相手を戦闘不能にするか負けを認めさせた方の勝ち。魔石による武器の使用も魔術の使用も認めます。全員気になってるんでしょ？噂の編入生の実力が」

生徒たちの視線が一斉に俺に向けられたが、この場にいる全員が誰か立候補者はいないのかと周囲の様子を窺《うかが》うばかりで、我こそはと声を出すものはいない。

「で……でも、いきなり実戦なんて……」

否定的な意見を述べたミリリカの発言を。

「あら？　いついかなる時でも戦えるようにしておくのが冒険者ってものよ？　ここにいる者は装備が整ってないと戦えないのかしら？」

ラーニアは一蹴《いっしゅう》した。

その言葉に異議を唱える者はいない。

「誰も立候補者はいないの？　……う～ん、これじゃ授業にならないわね。歓迎会も兼ねてのつもりだったけど……」

困ったように唸《うな》るラーニア。

このまま終わってしまっては俺自身もつまらない。

「一対一じゃなくてもいいぜ？　俺と戦いたいヤツがいるなら、全員まとめて相手をしてやるよ」

俺はこの場にいる全員を挑発した。

「こう言ってるけど、あんたたちはどうするの？」

その挑発に、生徒たちの俺を見る目は戸惑いから怒りに変わり、周囲の空気が重くなっていく。

だが、ここまで言われても行動を起こすものはいない。

「睨《にら》んでるだけか？　ここは本気で冒険者を目指してるヤツらの集まりなんだろ？　折角力を競い合える場があるのに、なぜその機会を無駄にするんだ？　負けるのが怖いのか？　それでこれから先、この学院で生き残っていけるのか？　冒険者としてやっていけるのか？　俺にビビってるようじゃ、魔物と戦うことすらできないだろ？　それとも、ここには本当に腰抜けしかいないのか？」

ここに編入してきたばかりの俺に、ここまで言われても誰も奮い立てないようなら、この学院のここにいる生徒全員、とてもじゃないが冒険者になんてなれっこな――。

「――なら、僕が戦うよ」

直ぐ傍から、その声が聞こえた。

戦うと宣言したのは、俺の隣にいたエリルだった。

周囲からは「なんでエリルが？」「あの落ちこぼれが？」「恥をかくだけだぞ」と誹謗《ひぼう》するような言葉が漏れている。

「え、エリル、やめておいた方がいいんじゃない？　マルス君の実力はまだ不明だし、もしかしたら怪我をするかもしれないわ」

心配しているのか、ミリリカはエリルを諭すような発言をしていたのだが。

「ここまで言われたら、僕だって引けないから」

淡々とした言葉の中に、エリルの確固とした決意を感じた。

この場にいる者の中で高みを目指す意志があるのはエリルだけのようだ。

少なくとも、戦いを恐れ行動できないヤツらより遥《はる》かに強くなる素質があるように思える。

「いいぜ。他にはいないのか？」

確認を取ると。

「おい落ちこぼれ、お前じゃ戦うだけ無駄だ！　オレがやるから引っ込んでろ！」

昨日、食堂で一悶着《ひともんちゃく》あった狼人《ウェアウルフ》が荒々しく声をあげた。

「……確かに今の僕は落ちこぼれかもしれないけど――」

「いいからどいてろ！」

エリルの反論も、セイルは全く聞く耳持たず。

「俺は、二人まとめてでも構わないが？」

俺がそう伝えた瞬間――セイルの持っていた魔石が光を放ち、いつの間にか手の甲に鉄の爪のような武器が装着され、制服も軽装備に変化していた。

鎧《よろい》は全身を覆ってはおらず、最低限の急所を守る為の物のようだ。

動きやすさを重視しているのだろう。

（へぇ……これが魔石の力……さっきエリルに聞いてはいたが、便利なもんだな……）

「強がってんじゃねえぞ！　昨日は油断したがな、テメーなんざぁ――オレ一人で十分なんだよ！」

――疾風のような速さで俺との距離を詰め、セイルは鋭利な刃物のような爪で俺の喉元《のどもと》を狙った。

が、俺は半身をずらすことでその攻撃を避《よ》けた。

「――っち！　うおおおおおおおおおおっ！」

目、額、喉――急所ばかりを狙った突きをひたすら避けていく。

人間《ヒューマン》よりも身体能力の高い狼人《ウエアウルフ》の特長を活かした猛攻。

それは思っていた以上に速く、一撃一撃も人間《ヒューマン》なら喰《く》らえば重傷というものだった。

しかしそれは、攻撃が当たればの話だ。

「くそっ！　くそっ！　くそっ！　なんで当たらねえんだ！」

セイルの攻撃を俺は淡々とかわしていく。

「身体能力は大したもんだ。だが、その能力に頼り過ぎてる」

「っ——」

「戦闘において、急所を狙うのは悪いことじゃない。だが、急所ばかりを狙っているからお前の攻撃は単調なんだ。これなら正直、目を瞑《つぶ》っていても避けられるぞ？」

攻撃を避けながら、欠点を一つ一つ説明していく。

「クソが——バカにしやがってえええええええええええ！」

「感情的になるな。ただでさえ単調な攻撃がさらに単調になるぞ。冷静になれ。どんな時でも思考しろ。フェイントを混ぜて、どうすれば攻撃が当たるのか考えろ」

「うおおおおおおおおおおっ！」

「一点を見るな。周囲を観察しろ。足を使え、その身体能力を活かせ。スピードで相手を攪乱《かくらん》しろ」

が、どれだけ言っても、セイルの熱くなった頭に俺の声は届いていないようだった。

どうしたものか……と、考えたところで、セイルの動きが突然止まった。

「なめやがって……なら——これでどうだよ！」

刹那《せつな》——セイルは地面を蹴《け》った。

先ほどまでと比較にならないほどの速度で俺に向かって突撃してくる。

喰らえば必殺の一撃——だが。

（何度も言ってるが直線的過ぎる。そんな単純で力任せな攻撃じゃ、せめて目に見えないくらいの速さにならなくちゃ当たらないぜ……）

攻撃の軌道を読み、半身をずらし突撃を避けると、俺はセイルの頸椎《けいつい》に手刀を振り下ろした。

「がっ――」

そのままセイルの身体は地に倒れ伏した。

纏《まと》っていた装備も消え、セイルの手から魔石が転がる。

「……ま、こんなとこか」

静寂――。

（あれ？　何かマズいことでもしただろうか？）

そう思ってしまうくらい闘技場の中は静寂に包まれていたのだが。

「凄《すご》い……」

と、誰かが声を漏らした。

瞬間――。

「「わああああああああああああああああっ！」」

大歓声が上がった。


〈エリル視点〉


（セイルをたった一撃で……）

自分の目を疑ってしまう。

セイルは決してＡクラスの中でズバ抜けた成績を誇っているわけではないが、単純な戦闘能力だけでいえば上位グループに入る。

狼人《ウエアウルフ》の身体能力を活かした猛攻は、上級生であってもまともに戦えば苦戦を強いられるくらいなのだ。

(なのに……)

しかも、セイルが繰り出した最後の一撃は、魔術で身体能力を強化していた。

それほどまでに、人と狼人《ウエアウルフ》では身体能力という持って生まれた才能に差がある。

普通の人間《ヒューマン》であれば、魔術で肉体を強化でもしない限り、本来はその動きに付いていくのがやっと。

マルスは一度も攻撃を受けることなく、たった一撃でセイルに勝利してしまったのだ。

(もし、僕が戦っていたら……)

周囲を生徒たちに囲まれ、なにやら質問攻めに遭っているマルスを、僕はただ呆然《ぼうぜん》と眺めていた。

少しずつ、胸の内に悔しい思いが募っていく。

僕では、それこそ一瞬で倒されていただろう。

今の僕の戦闘力はセイル以下。この学院内でも下から数えた方が早いかもしれない。

いや、もし――本来の自分の力を取り戻せたとしても、きっとマルスには敵《かな》わない。

(もしかしたらマルスは、この学院の誰よりも……)

その強さの秘密を知りたくなった。

(もっと、僕は強くならなくちゃいけない……)

僕には目標がある。

その目標を達成するには、彼のような圧倒的な強さが必要だった。

（部屋に戻ったら、話を聞いてみよう。どういう訓練をしていたのか。……もし彼の強さが才能なのだとしたら、僕は……）

未《いま》だ歓声の中にいるマルスを見ながら、ある覚悟を決めたのだった。


〈マルス視点〉


歓声に包まれながら、俺は周囲にいる者たちから質問攻めに遭っていた。

「魔術で身体能力を強化していたのか？」

「人間《ヒューマン》なんだよね？　実は別の種族だったり？」

「どうしてあんなに正確に攻撃が避けられたんだ？」

「魔石を使ってなかったけど、武器を使わないの？」

「編入する前はどこで何をしていたんだ？」

俺が戸惑うばかりで、何も答えることができずにいると。

「みんな、マルスさんが困ってます」

のんびりとした声が喧騒《けんそう》の中はっきりと聞こえた。

周囲の者がその声の方に視線を向け、その声の主は兎人《ラビット》の少女だとわかった。

小柄な兎人《ラビット》の少女は、ピクピクと白く長い耳を震わせていた。

そして赤い宝石のような瞳《ひとみ》で俺をじ～っと見つめたかと思うと、満面の笑みで。

「あの、マルスさん」

「うん？」

「一目惚《ひとめぼ》れしました。ラフィと付き合って下さい！」

唐突にそんなことを言った。

ラフィと名乗る少女の言葉を切っ掛けに、周囲はさらに喧騒に包まれた。

「な、なんだとおおおおおぉぉぉぉ!?」

「オレたちのラフィちゃんがあああああああああああっ！！！！！」

「ちっきしょぅ！　編入生の野郎、闇討ちしてやろうかっ！」

こんな男共の野太い悲鳴から。

「ついにAクラスにカップル成立っ!?」

「そういう浮いた話なかったものねぇ」

「競争社会だから仕方ないけど……」

女子の黄色い悲鳴だったりが飛び交う。

そんな中俺は口を開いた。

「付き合うというのは、恋人同士になるという意味の付き合うか？」

「はい。ダメでしょうか？」

上目遣いで俺を見つめる少女の姿を観察する。

弱々しそうな小柄な身体は、とても冒険者を目指しているようには見えない。

ウェーブがかかった長い白髪と雪のように真っ白な肌のせいか、少し病弱そうに見える。

真っ赤な瞳は宝石のようにキラキラと煌《きらめ》き、今か今かと俺の返事を期待しているようだった。

「あの、答えは？」

再び問われた。俺の返事は——。

「あんた達！　今が授業中だってわかってんでしょうね！」

ラーニアの一喝で先送りになった。

「他にマルスと戦ってみたい者は？」

周囲を見回すラーニアに、返事をする者は一人もいない。

「なら、特別授業はこれで終わりにするけど、構わないかしら？」

全員異論はないようだけど、俺には一つ気になることがあった。

エリルのことだ。

先程からエリルが俺を凝視しているのだ。

もしかしたら、俺と戦えなかったことを根に持っているのだろうか？

「エリル、お前さえよければ、俺はもう一戦してもいいぞ？」

尋ねると、俺を見つめていた銀色の双眸《そうぼう》が静かに揺れた。

「……さっきの戦いで、マルスの実力はわかったよ。今の僕じゃキミには勝てそうにない。……でも……折角の機会だと思って、胸を借りてもいいかな？」

「おう」

「え、エリル――本気なの？　マルス君の実力を見たでしょ？」

ミリリカは、慌ててエリルに詰め寄った。

「心配掛けてごめんね。でも戦ってみたいんだ。僕は強くなる為にここにいる。だから――」

「エリル……」

力強い瞳を向けられ、ミリリカは口を閉じた。

止めることはできないと判断したのだろう。

それから、エリルは俺を見て。

「マルス、一つお願いがあるんだ。分不相応かもしれないけど、この戦い、手加減をしないでほしい。全力で戦ってほしい……！」

エリルが真摯《しんし》な眼差しを俺に向けた。

だが、命のやり取りでもないただの訓練で全力を出せるわけがない。

だから約束できるとしたら。

「可能な限り全力で戦うってことでいいなら」

曖昧《あいまい》な、この程度の約束しかできない。

「わかった……それで構わない」

直後――手の中の魔石が光り、エリルはショートソードを構えた。

防具は軽装ではあるが、目を引かれるほど美しい白銀の鎧《よろい》を纏い、腕にはガントレット、脚にはグリーブと、騎士を連想させるような装備だった。

流石にセイルのような不意打ちはなく。

「始めてもいいか?」

「うん。いつでもいいよ」

俺の言葉にエリルは頷《うなず》き、それが戦い開始の合図となり——瞬間、戦いは終わった。

エリルは俺の動きに全く気付かず。

倒れ伏すエリルの身体を、俺はしっかりと支えた。

決着は一瞬だった。

セイルと戦った時のような戦闘指南など一切せず、ただ相手を倒す為だけに最低限の行動のみで戦闘を終わらせた。

こちらの取った行動は接近して手刀を叩《たた》き込んだだけなのだが、それだけのことで周囲は唖然《あぜん》としていた。

「ま、こんなところかしらね」

呟《つぶや》くように言ったラーニアの声が聞こえた。

「じゃあ、特別授業はこれで終わりよ。残りの時間は自習。後は各自で教室に戻り次の授業に備えなさい」

授業の終了をラーニアが伝えると、惚《ほう》けていた生徒たちは夢から覚めたように意識を覚醒《かくせい》させ、それぞれ教室に戻って行った。

ラーニアは、未だに倒れ伏しているセイルの傍に寄って。

「そろそろ起きてもいい頃だと思うけど……」

セイルの身体をガクガクと揺さぶった。

とてもこの学院の教官の行動とは思えない適当な処置だ。

しかし、そのお陰か。

「――っ⁉」

セイルは飛び跳ねるように上半身を起こした。

状況が理解できていないのか、右へ左へ首を振り周囲の様子を確かめている。

「お、オレは……」

「特別授業は終わりよ。次の授業までは各自自習。気分が悪いようなら、医務室で休んできなさい」

戸惑うセイルに、ラーニアは授業が終わったことを伝えた。

「ま、マルス君、エリルは？　エリルは大丈夫なの？」

焦燥感に駆られたように、ミリリカがバタバタと近寄ってきた。

「ああ、問題ないぞ。ただ気絶してるだけだ」

「そ、それならいいんだけど、一応、医務室に連れていった方が」

「場所は？」

「宜《よろ》しければ、ラフィがご案内しましょうか？」

ひょっこり現われた兎人《ラビット》の少女が、そんなことを申し出てくれたので。

「なら、頼んでもいいか？」

俺はありがたくその申し出を受けることにした。

「はい、では行きましょうか」

そうして俺達は、戦闘教練室を後にした。

※

「失礼します」

兎人《ラビット》の少女――ラフィと共に俺達は医務室に入った。

しかし室内には誰もいない。

「修道女《シスター》は？」

「いないみたいですね。とりあえず、エリルさんをベッドに」

俺は背負っていたエリルをゆっくりと下ろし、そのままベッドに寝かせた。

「なら、わたしは修道女《シスター》を呼んできます」

よほどエリルが心配なのか、ミリリカは慌てて医務室を飛び出して行った。

修道女《シスター》が来るまでは、エリルを一人置いていくわけにはいかない。

「マルスさんは、これからどうしますか？　次の授業まで時間はありますけど？」

ラーニアは自習と言っていたが、これといってやることもないし。

「俺はエリルが起きるまで、ここにいることにするよ」

「……そうですか」

ラフィは、どこか不満そうだった。

「どうかしたのか？」

「い、いいえ、なんでも。あの、ラフィもここに居てもいいですか？」

「ああ、構わないけど？」

「ありがとうございます」

ラフィは、先程の不満顔が嘘のような満面の笑みを浮かべていた。

（随分と感情表現が豊かなヤツだな……）

「それで、マルスさん。告白の返事はいついただけますか？　ラフィは今も胸がドキドキしているので、できれば返事は早めに欲しいのです」

（……忘れてた）

当然、そんなことを声に出して言えるわけもない。

俺はこの子に告白されていたのだ。

さきほど、なんの前触れもなく、ただ唐突に。

「疑うわけじゃないんだが、本気なんだよな？」

らいです！」

「勿論《もちろん》です！　もしも可能であるならば、ラフィの胸の熱い想いを、マルスさんにお見せしたいく
俺を見上げる瞳《ひとみ》は真剣そのもので、彼女の思いを否定する方がバカらしいと思えるほどだった。

しかし今日会ったばかりで、ろくに会話もしていないのに好きになったと言われても返事に困る。

「そもそも、なんでラフィは俺を好きになったんだ？」

「運命を感じたからです！　さっきの戦い、凄《すご》くカッコ良かった。そして、マルスさんはあの場にいる誰よりも強くて凛々《りり》しかった。見るものを虜《とりこ》にしてしまうような圧倒的な強さと、その強さを裏付けるような自信に満ち溢《あふ》れた表情、とにかく素敵でした！」

そこまで手放しに褒められると、俺も流石に恥ずかしい。

しかし、当のラフィは陶酔しているみたいに、ふわっ～っとした表情を浮かべていた。

「ラフィの気持ちはわかった。好きになってくれたのは素直に嬉《うれ》しく思うぞ」

「では、ラフィの番《つが》いになってくださるのですか？」

「番い？」

「はい！　人間《ヒューマン》で言うところの夫婦です」

「ふ、夫婦……？」

また予想もしていない方向に話が展開してしまった。

ラフィはキラキラと瞳を輝かせている。

どうやら、俺の返答に期待しているようだけど。

「……それは無理だ」

「ええ⁉　どうしてですか！」

「まだ恋人にもなっていないんだぞ？」

「何か問題があるのですか？」

「お互いが本気で好き合っていれば、時間や種族なんてものは関係ないと思う。でも、ラフィには悪いけど、恋人にしたいと思えるほど俺はラフィに好意を持ってないんだ」

「……」

ラフィは何も言わず、ただじっと真剣な表情で俺の瞳を見つめた。

その赤い瞳は深淵《しんえん》のように深く、まるで俺の心の底を覗《のぞ》き込まれているような気がする。

しかし、少しするとラフィはその表情をニコッと緩め破顔した。

「わかりました。でも、マルスさんには必ずラフィのことを好きになってもらいますよ！　その時は、ラフィと番いになってくださいね！」

「ああ、俺がラフィのことを、心の底から好きになったらな」

そうなるかどうかはまだ誰にもわからない。

もしかしたら、本当に俺はラフィのことを好きになるかもしれないし、ならないかもしれない。

しかしラフィは自信満々に。

「絶対、マルスさんの気持ちはラフィに向きますから！」

きっと根拠があるわけではないのだろう。

しかし、そう言って笑みを浮かべるラフィは確かに可愛かったから、俺はその可能性を完全には否定できなかった。

「ではまずアプローチとして、とりあえず脱ぎます！」

（そうか脱ぐのか……うん？）

その発言を俺が疑問に感じた時には、ラフィは首元に結ばれていた赤いリボンを外し制服の上着を脱いでいた。シャツ一枚になると、彼女の女らしい膨らみが際立って。

「――っておい！　なぜ脱ぐっ！　脱ぐな！　とりあえず脱ぐな！」

小柄な割に胸の大きいラフィに、俺は少しドキリとした。

「ダメですか？　折角マルスさんを悩殺しようと思ったのに……」

しょぼん――と落ち込んだような顔を見せたラフィに。

「ここは学院の医務室だぞ？」

「ここにいるのは、ラフィとマルスさんだけです」

「いや待て、ここにエリルがいるだろっ！」

「眠っているから大丈夫です！」

ニコニコとした爽《さわ》やかな笑みで言うセリフじゃない。

「そういう問題じゃないだろ！　それに、簡単に素肌をさらすな。女の価値が下がるぞ」

「マルスさんになら、見られてもいいです」

「俺にだけって言うなら、ここではやめておけよ。エリルがいつ起きるかもわからないだろ？」

なんとか説得しようと投げかけた言葉に。

「……なるほど。マルスさんはラフィの肢体を独占したいということなのですね！　そういうことならわかりました」

「は……？」

ラフィは何か勘違いをしているけれど、とりあえずこの場を収めることはできたので良しとしておこう。何より、眠っているエリルの傍でこれ以上騒ぐのも好ましくない。

「このままここで騒いでいると、エリルさんがいつ起きるかもわかりませんし、今度は二人きりになれるような場所にお誘いしますね！　その時はまたアプローチをさせてもらうのです！　ということでマルスさん、ラフィは一足先に教室に戻りますね」

伝えたいことを伝えると、ラフィは暴風雨のように去って行った。

「ふぅ……」

一人になると、思わず溜息《ためいき》が漏れてしまった。

あんな素直な感情を正面からブツけられたことがなかったせいか、ドッと疲れが押し寄せてくる。

でも、不思議と悪い気分じゃなかった。

（学院に通っていると、こういうこともあるのか……）

やはり、ここにいると学ぶことも多そうだ。

（面白いものだな……）

一人で生活をしていては味わえなかったものが、沢山ここにはある。

俺は、これからのここでの生活が益々《ますます》楽しみになっていた。

それから少しして。

「……？」

眠っていたエリルの目が、ゆっくりと開いた。

「おう、起きたか？」

「……マル……ス？」

まだ意識がはっきりとしていないのだろうか？　エリルは不思議そうに俺を見ていた。

「……ここは……」

それから次第に、エリルは意識がはっきりとしてきたようで。

「……そうか、僕は……マルスと戦って……」

「ああ。約束通り、可能な限り全力でな」

「もしあれが実戦だったら、僕は何もできず、キミに殺されていたんだろうね……」

エリルは悔しそうに顔を歪《ゆが》め、その瞳には涙を浮かべた。

「どうして、僕はこんなにも弱いんだろう」

まるで胸中の言葉が漏れ出すみたいに、エリルは不満を吐き出した。

「これでも、努力してきたつもりなんだ。強くなる為に、物心付く前から毎日訓練してきた。でも、その結果がこれだ」

それは自分の弱さに対する嘆きだった。弱いことが罪だと認識している者の言葉だ。

「マルス、僕はどうしたら強くなれるかな？」

真摯《しんし》な瞳を俺に向けるエリルだったが。

「強く……か。……今よりも、もっと訓練するとかじゃないか？」

明確な答えなど、俺は持っていない。

努力だけで全てがうまくいくほど、世界は平等ではない。

この学院の生徒たちは、当然まだまだ成長過程だ。

だから、努力次第ではエリルに限らず誰もがある程度は強くなる可能性を秘めているけれど、多くの者はある程度どまりだろう。

でも、それでも上を目指すというならば、足を止めることは許されない。

「ダメなんだ。僕はもう……努力だけじゃ、強くなることはできないんだよ」

エリルの凛々しい面持ちが苦渋に歪む。

その瞳からは、今にも涙が零《こぼ》れ落ちそうなくらいだ。

（……強くなれないってのはどういう意味なんだ？）

エリルの言葉に疑問を感じたが。

「マルス、どうしてキミはそんなに強いの？」

俺がその疑問を口にする前に、続けて質問された。

「どうして、と言われてもな」

「その強さは、正直異常だと思う。ここの生徒の身でありながら、教官と互角かそれ以上の力を持ってる。そんなキミなら、強くなる為の方法を知ってるんじゃない？」

どう言葉を返したものか。俺も最初から強かったわけじゃない。

戦い方なんて知らなかった俺に、生きる術《すべ》を与えてくれた人がいた。

それを与えてくれた師匠《アイネ》は幸か不幸か、俺には生き抜く為の才能があると言っていた。

師匠《アイネ》が教えてくれたことを、俺は死に物狂いで吸収していった。

生きる為に強くなった。

強くならざるを得なかった。

才能、環境、努力、その全てが揃《そろ》っていたからこそ、俺は強くなれたのだと思うし、そのどれかが欠けていたら、きっと今の俺はいない。

だから、どうしてと問われたら努力は当然として、運《であい》と才能に恵まれたから強くなれたのだ。

「努力とか才能以上にさ、そうならないと生きていけなかったから、俺は強くなるしかなかった」

だから、考えた末に俺はそう答えた。

こんな曖昧《あいまい》な答えではエリルは納得してくれないかもしれない。

そう思っていたのだけど。

「……強くならなくちゃ生きていけなかった？　……そうか……だから——」

真剣な表情のまま、エリルは深く頷《うなず》いたのだった。

「なあ、俺からも聞いていいか？」

「……？　僕に答えられることなら」

俺の言葉にエリルは戸惑いを見せたが、直ぐにそう答えてくれた。

ここまでの会話で、エリルの強くなりたいという気持ちはわかったが。

「どうして強くなりたいんだ？」

冒険者育成機関《ここ》にいるような者に、こんなことを聞くのもおかしな話かもしれないが、エリルの強さに対する想いは少しばかり特殊な気がする。

「……ある人に、僕が強くなったことを認めてもらいたいんだ」

エリルの瞳には、一切の曇りがなく、その発言に嘘の欠片《かけら》もないことがわかった。

「その為に、僕はこの学院に入った。そして、僕の目的を成す為には、この学院を一番の成績で卒業できるくらい強くなる必要がある。でも、今のままじゃそれは無理だ」

そう口にした直後、話すかどうか躊躇《ためら》うような、少しばかりの間があって。

「……僕の身体を見て、キミはどう思った？」

突然、そんなことを聞いてきた。

「どうって……男にしては、小柄な方だと思うぞ」

俺はエリルの身体を観察して率直な意見を伝えた。そんな俺の言葉にエリルは頷き返し。

「……そうだよね。鍛えたとしても筋肉もつきにくいし、他の男子生徒と比べても身体能力は明らかに劣っている。まともにぶつかり合ったら勝負にならないんだ」

まるで、自分がそういう経験をしてきたとばかりに、エリルは悔しそうに顔を歪ませていた。

「あらゆる技術が全て互角だったなら、そういうことになるかもな。だが、身体能力だけでどうこうなるほど実戦は甘くはないぞ？　一瞬の思考、冷静な判断力が物を言う場面もあれば、魔術や技能《スキル》が使えるかどうかで、大きな差が生まれる」

「だからこそ僕は、自分の欠点である身体能力の差を埋める為に魔術を覚えた。この学院に入る前から多くの魔術書を読み訓練を重ねた。だから僕は、今までどうにか戦ってこられた」

「今まで……？」

今までとはどういうことだろうか？　疑問に思い尋ねると。

「今の僕は……魔術が使えないんだよ」

答えた途端、エリルの身体は何かに脅《おび》えるみたいに震えて——。

「ま——マルス君、すみません。修道女《シスター》が見つからなくて……」

そんなタイミングで。息を切らせて大慌てでミリリカが戻ってきた。

どうやらずっと修道女《シスター》を探し回っていたようだ。

「あ、エリル……目が覚めたんだ、体調は平気？　辛《つら》くない？」

「……うん。ミリリカ、心配掛けてごめんね。もう大丈夫だから……」

エリルはベッドから下りて立ち上がると。

「教室に戻ろうか」

「で、でも、まだ無理しないほうが……顔色もあまり良くないみたいだし」

「本当に、もう大丈夫だから」

エリルはそれだけ言って、口を閉ざし医務室を出た。

それから特に会話もなく、俺達は教室に戻るのだった。


〈エリル視点〉


教室に戻るまでの間、僕は自分の弱さを後悔していた。

戦闘力だけじゃない。

今悔いている弱さは、心の弱さだ。

（なんで……僕はあんな話を……）

この学院にいる人間は全員ライバルだ。競争相手なのだ。

いつかはバレていたと思うが、わざわざ自分から欠点を教えるような真似をするなんて自殺行為に等しい。

（マルスなら、自分の力になってくれるとでも思ったの……？）

戦ってみてわかったが、マルスの強さは圧倒的だ。

戦いに負け悔しいと思う以上に、憧《あこが》れの気持ちが心を満たしている。

そんなマルスなら、魔術が使えなくなった僕でも強くなれる方法を知っているんじゃないかと思ったけど。

でも、それは勘違いだった。

（強くならないと生きていけなかった……か……）

だとしたら、こんなにも弱い自分は、どれだけ甘い環境で生きてきたのだろうか？

そして信じられないほど力を持ったマルスは、どんな環境で生きてきたのだろうか？

（マルスの話を聞きたい。どんな些細《ささい》なことでも。そこには今の僕にないものが沢山あって。それは、今よりも僕を強くしてくれるはずだから……！）

僕の中で、マルスに対する興味がいっそう強くなっていくのだった。


〈マルス視点〉


教室に戻ると、既に授業は始まっていたようで。

「すみません、遅れました」

「体調に問題ないなら、席に着きなさい」

エリルが謝罪すると、ラーニアが淡々と告げて言われるままに俺達は席に着いた。

「じゃあ、授業を続けるわよ」

今やっている授業は魔術学というものらしい。

一体、どんなことを学べるのか。

俺は鞄《かばん》から魔術学の本を取り出した。

ページをめくる。

軽く目を通した感じだと、この本《きょうざい》には、冒険者として生きぬく上で習得しておく必要のある魔術が基礎から順を追って記載されているようだった。

魔術というのは本来、魔術書を読みその手順に沿って訓練することで行使することができるようになるものだ。

最初から高難度の魔術書に目を通したからといって、その魔術が使えるようになるわけがない。

魔術に必要なものは基礎の積み重ねだ。

基礎的な魔術を覚え、それを応用、発展させることで、新たな魔術を習得していくことができるが、本来、個人レベルではそれすらも難しいだろう。

特殊な教育を受けた者でない限り、自分の覚えたい魔術の基礎となる魔術がわからないからだ。

勿論《もちろん》、冒険者を目指すような者であれば、多少は魔術に明るい者もいるだろうが、一から十まで全て個人の判断で魔術を覚えていてはあまりにも効率が悪い。

そこでこの学院は、冒険者を育成する為の効率化を図り、最低限必要な魔術だけを覚えさせる為の魔術書《きょうざい》を用意したのだろう。

(なるほど……)

大したものだ。と思いはしたが……。

(眠くなってくるな……)

身体を動かす実戦形式の訓練ならまだしも、座学とは退屈なものだ。

俺の瞼《まぶた》はだんだんと重くなって、意識が落ちかけたその時。

――ツン！　と、脇の辺りを突かれた。

隣を見ると、エリルが「寝ちゃだめ！」と言っているみたいな、困った顔で俺を見ていた。

（ああ……）

どうやら座学を眠って過ごすわけにはいかなそうだ。

俺は眠気と必死に戦いながら、魔術学の授業をやり遂げるのだった。

※

「いきなり寝始めちゃうと思わなかった」

授業が終わると、エリルからお叱りの声が飛んできた。

「すまん……。あまりの眠さに、教官が眠魔術《スリープ》を掛けてるんじゃないかと疑うくらいだった」

「マルス君、眠くても頑張った方がいいですよ。ラーニア教官の授業で寝てしまうと、魔術が飛んできますから」

ミリリカはブルっと身体を震わせた。

もしかしたら、以前居眠りをして魔術をぶつけられたことがあるのかもしれない。

三人でそんな話をしていると。

「マルスさ～ん！」

間延びした声に名前を呼ばれて顔を向けた。

「おお、ラフィ。どうしたんだ?」

「次は魔術訓練の授業なので、戦闘教練室まで一緒にどうですか?」

「またあそこに移動するのか?」

「はい。教室内で魔術を使うわけにはいかないのです」

「いや、流石に俺もそれはわかっているが」

この場で火の魔術なんて使ったら、文字通り室内が火の海だ。

「さ、さ、ラフィと一緒に行きましょう!」

ラフィに腕を摑《つか》まれ、引っ張られた。

「そんな急《せ》かすなって。行こうぜエリル、ミリリカ」

「う、うん」

「はい」

エリルとミリリカは、ラフィとはそれほど親しくないのだろうか?

戦闘教練室に向かう道中、三人は話そうとする素振りもない。

ラフィは俺の腕と自分の腕を絡めて隣を歩き、エリルとミリリカは一歩引いたように後ろについてくる。

険悪というわけではないのだろうけど。

「なあ、三人は面識があるんだろ?」

気になったので質問してみると。

「もちろん」

「一応……」

「はい。一年の頃から同じクラスですので」

それだけで、三人の会話は終わった。

やはり、あまり親しくはないらしい。

「ご安心くださいマルスさん！　ラフィはマルスさん以外の雄には興味ありませんから」

（いや、そういう心配をしてるわけじゃないんだが……）

「それよりもラフィが気になるのは、エリルさんとミリリカさんが、マルスさんと親しげなのは何故なのかってことです」

ラフィは小首を傾げた。

「ああ、俺がこの学院に来て最初の友達がエリルなんだ。それで、ミリリカはそのエリルの友達」

「最初の友達？」

「マルスとは、宿舎で同室なんだよ」

ラフィの疑問にエリルが答えた。

「な、なんと!?　お二人は同室だったのですか？」

何かに動揺するみたいに、ラフィは驚愕《きょうがく》していた。

「なんでそんなに驚くんだ？」

「い、いえ……これといって深い理由は……。そうですか、同室……」

それから戦闘教練室に着くまで、何かに悩むように難しい顔のままラフィは唸《うな》っているのだった。


「じゃあ、授業を始めるわよ」

ラーニアの言葉と共に授業が始まった。

「まずペアを作りなさい」

生徒たちがそれぞれ二人ペアに分かれていく。

『マルスさん、一緒に組みましょう！』とラフィに迫られるかと思っていたのだが、どうやら彼女は別の生徒と組むようだった。

ミリリカもミリリカで、エリルとは組まず他の生徒と組んでいる。

てっきり彼女はエリルと組むのかと思っていたのに。

だが、それなら丁度いい。

「エリル、一緒にどうだ？」

「……うん……ただ、僕は魔術が使えないから……マルスの訓練にならないかも……」

エリルは暗く表情を沈めた。

さっき医務室でも言っていたが、本当に魔術を使えないのだろうか？

「とりあえず、やるだけやってみないか？　何かの切っ掛けで魔術を取り戻せるかもしれないし」

そんな提案をすると。

「……そうだね。じゃあ、マルスの迷惑になるかもしれないけど」

少しだけ微笑み、エリルは俺とのペアを承諾した。

「全員組んだわね？　じゃあ、授業の説明をするわよ」

ペアが完成したところで、淡々とラーニアが口を開いた。

「お互いがこの中を動き回りつつ、当てるつもりで攻撃魔術を放つ。その魔術はかわしても構わないし、魔術を魔術で相殺してもいいわ。魔術は次々に放っていくこと。多くの魔術を命中させた方が勝利よ。ただし殺傷能力の高い攻撃は禁止。魔石による装備は、してもしなくてもいいわ」

とっさの判断力と正確な魔術の制御、相手の行動を予測する必要もある、それなりに実戦的な授業のようだ。

「各ペアの持ち時間は、この管の砂が落ちきるまでよ。あたしがいいと言うまで続けなさい」

言って、透明な管の中に砂が入った道具を取り出していた。

どうやらあの砂が落ち終わるまでを、各ペアの持ち時間にするようだ。

「質問はあるかしら？」

ラーニアは周囲を見回した。

そして質問をするものがいないことを確認すると。

「では、やりたいものから始めなさい。それ以外の者は見学していること」

そして、魔術訓練の授業が始まった。

いくつかのペアの訓練風景を見ていたが、思っていたよりもレベルが高く見ていて飽きない。

特に今戦っている二人は面白い。

息が完全にぴったりなのだ。

相手がどう行動するかを完全に理解しているのか、一切攻撃をかわすことなく、お互いの魔術をぶつけ合い相殺しあっている。これだけ動き回っているというのに、その魔術の制御は正確無比で、今まで見てきたペアの中では間違いなくこの二人が一番だった。

しかし、それ以上に驚いたのは二人の容姿だ。

恐らく双子なのだと思うが、同じ容姿をしている。

少なくとも遠目では全く見分けがつかないくらいだ。

特徴的な浅黒い肌と長い耳は、彼女たちが闇森人《ダークエルフ》であると主張していた。

(闇森人《ダークエルフ》の双子とはな……)

そういえば、教官の中にも闇森人《ダークエルフ》がいたけどその関係者だろうか?

森人《エルフ》の亜種族として知られている闇森人《ダークエルフ》は、災いをもたらすとされ忌み嫌われている。

繁殖力が人間と比べて低い代わりに、長寿であるというのは森人《エルフ》と変わらないのだが、闇森人《ダークエルフ》はそんな森人《エルフ》以上に繁殖力が低いらしい。

なんでも無限に近い寿命の中で残せる子孫は一人だけなんて話を聞いたことがあるが……目の前に双子がいるわけで……。

俺自身、双子の闇森人《ダークエルフ》は初めて見たが、二人は例外中の例外なのかもしれない。

「なあエリル。あの二人って闇森人《ダークエルフ》だよな?」

「うん。双子の闇森人《ダークエルフ》。姉の方がルーシィで、妹がルーフィ。見てわかったと思うけど、魔術に関してはAクラスでもトップレベルだよ」

「見事な魔術制御だな。あれで立て続けに攻められると思うと、かなり厄介そうだ」

率直な感想を口にした。

するとエリルは意外そうに。

「マルスでもそう思うんだ？」

そんなことを聞いてきた。

「うん？　ああ、あくまで試合だったらな」

それは戦いであれば絶対に負けることはない。という意味。

この学院に入れば、いつか戦う時もあるかもしれない。

それは殺し合いではなく、試合だと思うけど。

「よし、そこまで」

教官の声が響き、闇森人《ダークエルフ》の双子は同時に動きを止めた。

「まだ訓練を受けていない者は？」

聞きながらラーニアが周囲を見回す。

「エリル」

「……うん」

俺が声を掛けると、エリルは魔石に魔力を流し白銀の鎧《よろい》を纏《まと》った。

そして、俺達は前に歩み出る。

「おいおい、落ちこぼれだぞ……？」

「あいつ、大丈夫なのかよ？」

「また暴走でもされたら……」

途端にガヤガヤと騒がしくなった。

そんな喧噪《けんそう》の中。

（暴走……？　なんのことだ？）

気になる言葉が聞こえた。

それはもしかしたら、エリルが魔術を使えないことと何か関係があるのだろうか？

ラーニアは俺達を一瞥《いちべつ》し。

「エリル、大丈夫なの？」

大丈夫というのがどういう意味なのかわからないが、エリルは真っ直ぐにラーニアの顔を見て。

「……正直わかりません。ですが、やらせていただけないでしょうか？」

はっきりとそう伝えた。

その眼差しは純粋なほどに真剣で。

「そう。……なら、やってみなさい」

少しの逡巡《しゅんじゅん》の後、ラーニアは言った。

ラーニアも、どうやらエリルの事情を知っているようだった。

既に訓練を終えたミリリカも、壁際に身を寄せ心配そうに俺達を見守っている。

もしかしたら、俺以外の全員が知っていることなのだろうか？

まあ、どんな事情があろうと関係ない。

この訓練が、エリルが力を取り戻す切っ掛けになれば、俺はそれでいい。

「エリル、いつでもいいぞ。好きなタイミングで始めてくれ」

「……わかった」

精神を研ぎ澄ますように、エリルは瞳《ひとみ》を閉じた。

周囲はざわざわと喧噪に包まれている。

どうやら、この場を去った生徒はほとんどいないようだった。

なんだかんだ言っても、ライバルの様子が気になるということなのだろう。

「……――いくよ、マルス！」

エリルは動いた。

俺の目から見て、左に真っ直ぐ走る。

さっき戦った時はわからなかったが、白銀の鎧を纏っている割にその動きは素早い。

走りながら俺に向かって手を伸ばし――。

「――貫け――閃光《せんこう》よ」

光を利用した魔術を唱えたようだ。が、何も起こらない。

「っ――閃光よ！　閃光よ！」

ムキになるみたいに、何度も何度も声を上げる。

しかし、まるで魔術を行使できる気配はなかった。

魔術を行使することに必死で、エリルの足は止まっている。

（これじゃいい的だぞエリル）

「ぷっ――」

不意に――噴き出すような笑い声が聞こえた。

そしてその声を皮切りに、

「あはははは っ！」

「流石落ちこぼれだ」

「これで元学年首席だっていうんだから呆《あき》れるよ」

エリルを貶《おとし》めるような誹謗《ひぼう》中傷が、一斉に生徒たちから浴びせられた。

「ほんとな。魔術も使えないんなら、とっとと自主退学しろっての」

「授業になんねえじゃん。これじゃ編入生にも迷惑だろ？」

明確な悪意がエリルを中心に集まっていく。

俺は今まで、これほどの集団と一緒に行動したことなどない。

だからこれまで、人と人の繋《つな》がり……みたいなものを意識する機会なんてほとんどなかった。

でも、人と人が繋がることは、そう悪いもんじゃないって思ってる。

師匠《アイネ》がいたから俺は生きてこられたし、ラーニアがいたからここに来られて、エリルと友達になることができた。

それらはきっと、俺にとっては確かな幸福だったと思う。

(なのに、これはなんだ……?)

集団でエリルのことを蔑《さげす》み、罵倒《ばとう》しているこの状況はなんだ?

人と人との繋がりは、こんな不快感も生むものなのか?

ミリリカは、自分の友人が蔑まれているというのに、何をしているのだろうか?

俺は彼女の姿を探すと。

(うん……?)

壁際に数人の生徒と共にいるミリリカがエリルに目を向けていた。

ミリリカの周囲にいる生徒はこの光景に苦笑を浮かべているが、ミリリカだけは口元を手で覆っている。

その様は、この現状に戸惑っているようにも見えるが……。

「やめちまえよもう! ここに居ても邪魔なだけだし」

「そうだな。やめろやめろ! 冒険者を目指してるのにこれじゃ、生きてる意味ないだろ?」

いや、今はミリリカのことなどどうでもいい。

それよりも――この不快な罵倒を止めるとしよう。

「――おい、お前らちゃんと避《よ》けろよ」

魔術を行使する。

炎球《ファイアボール》を三発、エリルを罵倒した生徒たちに向けて放った。

――ダンッ！　ダンッ！　ダンッ！　と燃え盛る炎球《ファイアボール》が地面を穿《うが》ち。

「ひぃっ――」

「なっ――」

「うおっ――」

直接喰《く》らったわけでもないのに、三人の生徒は腰を抜かしていた。

「て、テメー、ワザとっ！」

「いや、ワザとじゃねえよ。手がすべっちまったんだ。だけど――」

手がすべったというのは当然嘘だが、少なくとも外れるようには撃った。

だが――。

「次、俺の友達にふざけたことを言ったら、ただじゃ済まないかもな」

周囲の見学者たち全員に、俺は明確な怒りを発した。

喧噪が一瞬にして静まり、静寂に変わった。

「ここは競争社会なんだろうが、相手を中傷したところで優位になるわけじゃないんだぜ？」

それだけ言って、俺はエリルに向き直った。

「エリル、続けるぞ」

「え――」

当のエリルはなぜか啞然《あぜん》とした様子で俺を見ていた。

「……で、でも……僕は魔術を……」

消えてしまいそうなくらい弱気な声を出し、泣きそうな顔をするエリルに。

「まだ、授業は終わってないだろ？」

「だ、だけど――」

ごちゃごちゃ話しても仕方ない。

折角の機会だ。

本当にエリルが魔術が使えないのか、色々と試させてもらおう。

「こないなら、こっちからいくぜ」

エリルに右手を向けた。

「死にはしないだろうが――」

利用するのは火の元素――鋭利な炎の魔弾をイメージする。

「当たると痛いぞ」

言葉を言い終える前に――。

「っ――」

目で捉《とら》えきれぬほどの高速の炎弾がエリルを襲った。

慌てて後方に下がり、エリルは一発目を回避したが、俺は次々に炎弾を撃ち込んだ。

「くっ――」

バックステップを繰り返すエリルだったが、そのまま下がり続けるだけでは壁際に追い込まれるだけだ。

「──」

そして、それはエリルもわかっているのだろう。

後方に下がるのをやめ、身体を横に向け真っ直ぐに走った。

「判断力は悪くない。でも、避けてるだけじゃ意味ないぜ」

俺はさらに手数を増やす。

ドン！　ドン！　ドン！　ドン！　ドン！

しかしその全ての攻撃は当たらず、地面を抉《えぐ》るだけだった。

「だったら──」

逃げているだけじゃ絶対にかわせない、絶対必中の魔術を撃てばいい。

（なあエリル、お前は魔術を使えないわけじゃないよ……）

そう判断した理由がある。

だから、使わなくてはいけない状況を無理矢理にでも作ってやる。

利用するのは地面──イメージするのは地を穿つ刃。

「避けてみろよ！」

──ゴゴゴゴゴゴッ！

地鳴りが起こり。

「これは⁉」

巨大な岩の柱がエリルを貫こうと襲い掛かる。

逃げ場はない――それは空中を除いてだが。

「だったら――」

俺の予想通り、エリルは跳躍した。

しかし、羽でもない限りは空中で身動きを取ることは不可能。

「さあ、これで逃げ場はないぜ」

事実だけを淡々と呟《つぶや》き、俺はエリルに照準を定めるように右手を伸ばし炎弾を撃った。


〈エリル視点〉


「――っ――」

高速で迫っているはずの炎弾が、今の僕の目にはゆっくり、ゆっくりと迫ってくるように見えた。

(このままじゃ、当たる……)

確実にかわすことはできない。

選択肢は限られていた。

一つは、魔術を使い炎弾を防ぐこと。

一つは、魔術以外の方法で炎弾を防ぐこと。

一つは、このまま攻撃を受けること。

（でも、この状況で攻撃を受ければ……）
必殺の魔術ではないとはいえ戦闘続行は不可能だ。
だとしたら、防ぎきるしかない。
（でも——）
魔術が使えない。
何か技能《スキル》を持っているわけでもない。
（なら、どうやって……）
悔しい。このままじゃ負ける。また負ける。一日で二度も。
どうして、どうして僕は——。
（どうして僕は——こんなにも弱いんだ……！）
心の中で次々に生まれた葛藤《かっとう》。
（強くなりたい……！）
でも、どうしたら強くなれる？
魔術も技能《スキル》もない僕がどうしたら——。
『そうならないと生きていけなかったから、俺は強くなるしかなかった』
それは、不意に脳裏に蘇《よみがえ》ったマルスの言葉。
マルスがこちらを見ている。
その瞳《ひとみ》が、僕を見つめている。

どうにかしてみろと訴えかけている。

この学院で生き残りたいなら強くなれと言われている。

そんな気がして――。

「――僕は――」

集中する。

目前に迫る炎弾。

失敗したら確実に命中。

でも、今は不思議と失敗する気がしなかった。

全身が熱い――でも、魔力が身体に漲《みなぎ》っている。

（久しぶりの感覚――今なら――）

「紡ぐ――光の障壁よ！」

瞬間――僕の正面に透明な壁が形成された。


〈マルス視点〉


ダンッ――という音が鳴り、俺が放ったはずの炎の弾が地面を穿った。

本来その炎弾を身体に受けるはずだったエリルは、既に跳躍から着地し俺の方を見ている。

その表情は、なぜかやたらと驚愕《きょうがく》しているように見えた。

「反射の魔術か。中々便利な魔術を使えるんだな」

エリルは自分の魔術で、炎弾を反射させたのだ。

「え？　い、今……」

「お前がやったんだよ」

「う、嘘っ……！」

「嘘って、俺の魔術を反射させたから、エリルはそこに立っていられるんだろ？」

「そ、そんな……それじゃ、本当に――！」

我が目を疑うように驚愕しているエリル。

だが、その驚愕はエリルだけのものではなかったようで。

「あいつ、魔術が使えなくなったんじゃなかったのか？」

「で、でも、今見たよな？」

見学していた生徒たちは今の光景に目を疑っている。

だが、起こった事実は変わらない。

「魔術、使えるじゃないか」

俺が言うと、まるでタイミングを見計らうみたいに。

――カーン、カーン。

授業の終了を合図する鐘が鳴ったのだった。

直後――。

「え、エリル⁉」

ミリリカが大慌てでエリルに近付いて。

「ま、魔術……使えるようになったの？」

問い詰めるように聞いてきた。

「わ、わからない。でも、気付いたら魔術を行使していて……」

「……そ、そうなんだ……。そう」

どうしたのだろうか？

一瞬、ミリリカの表情が暗くなった気がしたのだが。

「──良かった、良かったね！　エリル」

だがそれも一瞬で、いつものような温和な微笑みをミリリカは浮かべた。

「うん。まだ、実感は湧かないけど……でも、久しぶりに魔術が行使できた」

そう言ったエリルの表情は、嬉《うれ》しそうな、でもただ嬉しいだけじゃないというか、色々な感情が混ざり合った笑みを浮かべて、今起こったことを噛《か》み締めているようで。

「ありがとう、マルス」

「感謝されるようなことはしてないぞ？」

「でも、それでも今日、マルスが一緒に訓練しようって誘ってくれなかったら、きっと僕は魔術が行使できないままだったから……だから、ありがとう！」

目に涙が溜《た》まっているのか、エリルの銀の双眸《そうぼう》が煌《きらめ》いていた。

だが、それは悲しいからではない。

きっと嬉しいからだろう。

それがわかるくらいの、心の底からの感謝の気持ちが伝わってくるくらいの満面の笑みを、エリルは浮かべているのだから。

しかし、本当にそんな感謝をすることではないんだ。

だってそうだろ？

「友達の助けになるのは当然のことだからな」

「え……」

「違うのか？」

「……もう、マルスには本当に敵《かな》わないなぁ」

そう言って、エリルは困ったように苦笑するのだった。

※

「マルスさん、一緒にお昼を食べにいきませんか？」

戦闘教練室を出て一階まで下りてきたところで、兎人《ラビット》のラフィが俺に声を掛けてきた。

「あれ？　もう昼の時間なのか？」

「はい。本当はラフィの特製弁当を食べて頂きたいところなのですが、今日はあいにく何も持ってきていなくて……だから、一緒に食堂まで行きましょう！」

「学院内にも食堂があるのか。是非行ってみたいが、二人はどうするんだ？」

振り返り、後ろを歩くエリルとミリリカに声を掛けたのだが。

「わたしも構いませんよ」

「……」

ミリリカは返事をしてくれたが、エリルは何か考えごとをしているのか返事がない。

「エリル、どうかしたのか？」

俺が足を止めて声を掛けると。

――ドン。

「わっ――」

エリルが俺の胸に突っ込んできた。

「大丈夫か？　ぼ～っとして、どうしたんだよ？」

「ご、ごめん」

慌てて俺から離れるエリルだったが、その顔は赤く染まっていた。

「それで、エリルはどうする？」

「どうするって……？」

「マルス君が、食堂に行かないかって」

首を傾げていたエリルに、ミリリカが答えた。

「え──あ、もう昼食の時間なのか……」

エリルは少し考えるような素振りをして。

「ごめん。僕は遠慮しておくよ」

誘いを断った。

「どうかしたのか？」

「……ちょっと自主訓練をしてこようかなって」

「自主訓練？」

「うん、さっき久しぶりに魔術を行使できたから、あの感覚を忘れないうちにもっと訓練しておきたくて」

「そういうことなら俺も手を貸すぞ」

「でも、それじゃマルスまで昼食が食べられなくなっちゃうよ？」

確かに小腹が空いているが、今優先すべきはエリルのことだ。

「一人よりは二人の方が、訓練も効率がいいだろ？」

俺が言うと、エリルは上目遣いで俺を窺《うかが》うように見て。

「……なんでマルスはそんなに優しいの？」

ほんの少しの逡巡《しゅんじゅん》の後、そんな言葉を口にした。

「優しいか？」

「優しいよ。僕みたいな落ちこぼれの為に、そこまで言ってくれるなんて……」

「俺が手伝いたいんだ。だから、気にすることはない」

「……ありがとう、マルス。……じゃあ、甘えてもいいかな？」

「おう！」

俺の返事に、エリルは貴族のお姫様のような可憐《かれん》な笑みを浮かべた。

「むぅ……なんで男性同士でこんないい雰囲気なんですか！」

俺とエリルの間に割り込むように、ラフィがムスッとした顔で口を開いた。

「え——⁉　い、いい雰囲気なんかじゃないよ」

そんなラフィの言葉に大焦りし、半ば挙動不審と言ってもいい態度で反応するエリル。

「マルス君って、特殊な性的嗜好《しこう》があるわけじゃないよね？」

「特殊？　……あまり意識したことはないが、問題ないと思うが？」

どういう意図の質問かわかりかねたが、なぜかミリリカは俺を訝《いぶか》しんでいるようだ。

「もうミリリカまでなに言ってるんだよ！　はい、この話はもうおしまい！」

無理矢理話を切ろうとするエリルの顔を、ラフィが厳しく見据えて。

「まぁ……本当にマルスさんが男色の気があるとは思っていませんが、ラフィが心配なのは、もしエリルさんが……」

そこまで言って、ラフィは何かを言い淀《よど》んだ。

「どうかしたのか？」

「いえ……すみません。多分、ラフィの考え過ぎだと思うので。それで、マルスさんはエリルさんと一緒に訓練に行かれるのですか？」

ムスッとした表情を切り替えて、ラフィは俺に微笑を向けた。

「ああ、悪いがそうさせてもらう」

「いえ、ラフィはマルスさんがしたいのであればそれがいいと思います。ですが昼休みまで訓練をするのでは、流石にお腹と背中がくっついてしまうかもしれませんから、ラフィが食堂でお二人の軽食を貰《もら》ってきます」

「軽食？　そんなものが貰えるのか？」

「食堂で言えば、そのくらいの物は用意してもらえると思うので」

持ち運び出来るような軽食まで用意してくれるなんて。

食に関していえば、ここは楽園なのかもしれない。

「……なら、頼んでもいいか？」

「はい！　ラフィも、マルスさんのお役に立てるなら嬉しいです」

言って、ラフィは踵《きびす》を返した。

「あ、ラフィさん。一人じゃ大変だと思うからわたしも」

「いえ、ミリリカさんはお二人と一緒にいてください！　そして、マルスさんとエリルさんが如何《いかが》わしいことをしないか見張っておいてください！」

「し、しないよ！　さっきから何を言ってるんだよ！」

激しい動揺を見せるエリルを見て、ラフィは苦笑した。

もしかしたら、ラフィはエリルの反応を見て楽しんでいるのかもしれない。

「では、ラフィは行ってきますので」

軽い足取りでラフィは食堂に向かった。

「じゃあ俺達も行くか？」

「うん、その前に教官室に行って戦闘教練室を使う許可を貰わないと」

「自由に使えるわけじゃないのか？」

「基本的に授業で使う施設を休み時間に使うことはできないんです。隠れて利用している生徒もいますけど、許可を取らずに利用すると罰則があるので……」

俺の疑問にミリリカが答えてくれた。

「ならまずは教官室に行くか」

その言葉にエリルとミリリカは頷《うなず》き、俺達は教官室に向かった。


「失礼します」

コンコン――ノックの後、エリルは教官室の扉を開いた。

「あら、どうしたのよ？」

最初に俺達に気付いたのはラーニアだった。

「教官、昼休みの間、戦闘教練室を使わせてもらえないでしょうか？」

「訓練を？」

「はい。今のうちに、色々と試しておきたいんです」

真剣な眼差しを向けられたラーニアは。

「……わかった。ただし、あたしも付いていくわよ」

「ありがとうございます！」

エリルの想いが通じたのか、戦闘教練室を使う許可を出してくれた。


戦闘教練室に着いた俺達は早速訓練を開始した。

俺とエリルは戦闘教練室の中心で対峙《たいじ》し、ミリリカとラーニアが俺達を見守っている。

「簡単な魔術でいいから、俺に向かって魔術を撃ってみろよ」

「う、うん」

エリルは目を瞑《つぶ》った。精神を集中させているようだ。

その周囲からは強い魔力を感じる。

エリルは魔術が使えなくなったと言っていたが、魔力が消失してしまったわけではない。

判断材料は複数あったが、まずは魔石を使い装備を形成できていたことが一つ。

魔石は魔力を流すことで、使用者に合った装備を形成する魔法道具《マジックアイテム》だと聞いた。

微量な魔力だとしても、魔石が装備を形成している以上、確実に魔力があるということだ。

授業の際に魔術の行使に失敗した時も、微量ながら魔力は確実に放出されていた。

だからこそ俺は、魔力がある以上、エリルは必ず魔術の行使が可能だと判断できたのだ。

そもそも、魔力が永続的に空っぽになってしまう事例など、数多くの魔術師がいるこの大陸でも確認されたことはない。

もしエリルが魔術を行使できないとすれば、それはエリルに魔術を行使したくない理由があるからで――要するに精神的な問題がある可能性が高いのではないだろうか？

（クラスの連中が言っていた暴走がどうこうって話が関係しているんだろうけど……）

さっきの授業で、エリルにも魔術の行使は可能だと示すことはできた。

だから、後は本人次第なのだが。

「貫け――閃光《せんこう》よ！」

エリルは魔術を行使しようとした。

「……っ――どうして……」

しかし、何も起こらなかった。

エリルから感じられた魔力も、どこかに霧散していく。

「やっぱり、使えないの？　でもさっきは……」

呟《つぶや》くようなミリリカの声が耳に入った。

エリルを見つめるその表情は険しい。

彼女も、エリルが魔術を行使できないことに何か思うところがあるのかもしれない。

「魔術の形成が終わる前に魔力が霧散してるぞ。頭の中で行使する魔術をしっかりとイメージしてみたらどうだ？」

「わ、わかったよ」

再びエリルは魔術を行使しようとしたのだが、何度試そうと一度も魔術を行使することはできなかった。

「……どうして……どうして上手くいかないんだろう？」

悔しそうな、泣きそうな顔でエリルは唇を噛《か》み締めた。

「え、エリル、あんまり無理し過ぎてもしょうがないよ。頑張ってもダメなことってあると思うし」

魔術を行使できないエリルを、気遣うような声で慰めるミリリカ。

ミリリカは少しエリルに甘い気もするが、それは二人の仲の深さがそうさせているのだろう。

「まだ時間はあるんだ。悲しんでる暇があるなら、何度でもやってみたらどうだ？」

俺が投げ掛けた言葉に、エリルは『はっ』と目を見開いた。

「マルス君、どうしてそんな辛辣《しんらつ》な言葉を掛けられるの！」

ミリリカは俺の物言いが気に入らなかったようで、怒りを露《あらわ》にしていたのだが。

「——ううん。マルスの言う通りだよ。僕には悲しんでる暇なんてない」

「エリル……」

まだ不満そうだったが、エリルの言葉にミリリカは口を閉じた。

エリルの瞳《ひとみ》に力強さが戻っている。

「じゃあ、再開だな」

俺の言葉にしっかりと頷き、訓練を再開した。

だが、何度試そうと進歩はない。

「はぁ……はぁ……」

度重なる魔力の放出に、エリルは疲労していた。

「エリル、そろそろやめておきなさい」

流石に見かねたのか、ラーニアが止めに入った。

「……まだ、まだ続けさせてください！」

「それ以上やっても、あんたぶっ倒れるだけよ。取りあえず休憩でもして頭を冷やしなさい」

警告にも近い言葉がエリルに掛けられた時だった。

「マルスさん――お待たせしました！　食事をお持ちしました！」

丁度いいタイミングで、ラフィがやってきた。

籠《かご》のような物を持っているが、その中に軽食が入っているのだろうか？

「ありがとな、ラフィ。エリル、一旦《いったん》休憩だ。食事にしよう」

「でも――」

エリルが何かを言おうとした瞬間――くぅ――と可愛らしい音が聞こえた。

「ぁ――」

その音はエリルのお腹から聞こえた音で。

「もしかしたら、腹が減ってるせいで魔術が使えないのかもしれないぞ？」

「っ――マルスの馬鹿ぁ！」

軽い気持ちで言った俺の冗談に、エリルは顔を真っ赤に染めたのだった。


ラフィが持ってきてくれた軽食はサンドイッチという名前の料理だそうだ。パンの間に肉やら野菜やらを挟んだ簡単な料理だが、それなりに美味《うま》く腹を満たすには十分だった。

「お腹が減ってるからか、凄《すご》く美味《おい》しく感じるね」

「そうだな。そっちの具はなんだ？」

「玉子と野菜……かな？　食べてみる？」

「いいのか？」

「うん、いいよ。はい」

エリルは自分のサンドイッチを俺に渡そうとしてくれたのだが。

「すまん、両手が塞《ふさ》がってるんだ。食べさせてくれないか？」

「へぇ!?　た、食べさせるってぼ、僕が？」

「ダメか？」

「わ、わかったよ」

頬を朱色に染めソワソワとするエリルだったが。

決意したように頷き、持っているサンドイッチを俺の口元に運んでくれた。

そのサンドイッチが俺の口に入ろうとした時。

「あん！」

ラフィがサンドイッチを奪った。

「ぁ――」

「もぐもぐ。確かに美味しいのです」

「ちょっと待てラフィ。なぜ俺の食を奪った？　納得できる理由を聞かせてみろ！」

「なんだかお二人がイチャイチャしているので妨害したくなりました」

「い、イチャイチャなんてしてないでしょ！」

「でも、ラフィさんの言う通りイチャイチャしてるように見えました」

「なっ――み、ミリリカまでなにを言ってるんだよ！」

猛烈に反論するエリルだったが、ラフィとミリリカは聞く耳を持っていないようだ。

この二人は、俺とエリルの関係をなんだと思っているのだろうか？

「友達同士で食事を分け合うことは、それほどおかしなことなのか？」

「いえ、それは素晴らしい友情だと思います」

「だったら俺がエリルからサンドイッチを貰《もら》うことに何の問題がある？」

「問題大有りです！　なぜか、エリルさんからは雌の匂いがするんです」

「はぁ!?」

大声を上げたのはエリルだった。

だが、そんなわけのわからんことを言われれば、突拍子もない声をあげたくもなるだろう。

俺達の様子を、ラーニアはニヤニヤと見物している。

一体、何が楽しいというのだろうか？

「ラフィたち兎人族《ラビット》は鼻がいいんです。男性の方でも女性的な匂いの方はいますが……でも……エリルさんの匂いは、マルスさんの傍にいる時ほど強くなっているから気になるんです」

さっきからわけのわからないことを言うラフィだったが、彼女自身は真剣に唸《うな》っていた。

何が気にかかっているのか全くわからなかったが、ラフィの悩みは暫《しばら》く解決しそうにない。

「エリル、腹も膨れたし再開するか」

「え——あ、う、うん！」

訓練を再開することを伝えると、エリルは力強く頷いた。

気力は十分に回復したようだ。

訓練を再開し、魔術を行使する為に奮闘するエリルだったが、やはり成果は上がらない。

下級、中級の魔術すら行使できないのだ。

高難易度の上級魔術を使うならば魔力が足りない、もしくは魔力の制御ができず魔術形成ができないことはある。

だが、エリルの場合はそうではないはずだ。

上級魔術である反射をエリルは使ってみせたのだから、下級の攻撃魔術を使えないというのは道理に合わない。

今のエリルには、魔術を行使する為に何か特殊な条件でもあるのか？

反射は使えたのに、俺に向かって魔術を行使しようとしても一切できなかった。

（……うん？　俺に向かって？　まさかとは思うが……）

さっきからエリルが行使しようとしていたのは、攻撃系統の魔術だけだったな。

なら——。

「エリル！　一度だけ試したいことがある」

「な、なに？」

突然の俺の言葉にエリルは戸惑っていたが、俺は気にすることなく魔術の行使を開始する。

「防いでみろ」

俺は攻撃力皆無の光玉《ライト》——本来、真っ暗なダンジョンで使う松明《たいまつ》代わりの魔術を、エリルに投げつけた。

「っ——障壁よ！」

光玉《ライト》は確実にエリルを捉《とら》える——はずだった。

不思議そうに周囲を窺《うかが》っているエリル。

光玉《ライト》は既にない。

エリルに当たる直前に、光の障壁にぶつかり消滅したのだ。

周囲にいた者たち、ラフィもミリリカも、そしてラーニアも、その光景に呆然《ぼうぜん》としていた。

だが、ようやくわかった。

「なるほどな」

「ま、マルス、今、僕に何をしたの？」

「ただ、光玉《ライト》を投げただけだ。そして、それをお前が魔術で防いだ」

「……ラフィも見ました」

「た、確かに魔術を使ってたよね？」

驚愕《きょうがく》の中、絞り出すみたいな声をミリリカが出した。

「……どういうことなの？」

エリル、ラフィ、ミリリカ、ラーニアの四人が一斉に俺を見て、説明しろと訴えている。

「待て待て、まだ確かじゃないんだ。エリル、次は炎球《ファイアボール》だ。防いでみろ」

「え、ちょ、ちょっと——」

「そら」

慌てふためくエリルを気遣わず、俺は炎球《ファイアボール》を放った。

「つ、紡ぐ——光の障壁よ!?」

だが、俺の予想通り炎球《ファイアボール》は防壁により消滅した。

「ど、どうして魔術が……」

自分の両手を見つめ、エリルは目を見張っていた。

今起こっていることが信じられない、そんな表情をしている。

「エリル、俺に向かって魔術を撃ってみろ」

「う、うん」

戸惑いながらも、言われるままに俺に手を向け。

「貫け――閃光《せんこう》よ！」

だが……何も起こらなかった。

「……なるほどな」

そういうことか。と俺が一人で納得していると。

「どうして……」

「どういうことなんです？」

「マルス君、何かわかったんですか？」

エリルは肩を落とし、ラフィは首を傾げ、ミリリカは厳しい表情を浮かべていた。

「もしかして、攻撃系統の魔術が……？」

だが、ラーニアは気付いたようだ。

「多分、そういうことなんだろうな」

「……ど、どういうことなのマルス！」

バタバタと俺に詰め寄ってくるエリル。

何かわかっているのなら教えて欲しいという想いが、エリルの瞳から溢《あふ》れていた。

「エリル、お前は誰かを傷付けるのが怖いんじゃないか？」

「――っ」

痛みに苦しむみたいに、エリルは表情を歪《ゆが》ませた。

「……そ、それは……」

どうやらエリル自身、思い当たることがあるらしい。

「エリルさんが成績を落とし始めたのって、あの事故からですよね？」

ラフィが言うと、ビクッ——と身体を震わせたエリルは、脅《おび》えるように身を抱いた。

過去に何らかの事故があった。

他の生徒も言っていたが、それは周知の事実として認知されているようだ。

「……そうか……だから、僕は……」

もしかしたら、自覚はあったのかもしれない。

「多分、その事故のトラウマを乗り越えない限り、攻撃系統の魔術を行使するのは難しいかもしれないな」

「そんな……じゃあ、僕はもう……」

悲愴《ひそう》感に満たされたその表情は、二度と魔術が使えないと絶望しているように見えた。

でも。

「諦《あきら》めるのは早いだろ？」

「……マルス……だって、僕は……」

エリルが俺を見た。

顔色は真っ青で、その姿は触れれば消えてしまいそうなほどに弱々しい。

「なあエリル。……その事故について話してみてくれないか？」

エリルの中で、トラウマになっていることがなんなのか。

それがわかれば、この問題を解決できるかもしれない。

「……でも、もしこれを聞いたら……」

戸惑いエリルは口を閉ざした。

不安そうにエリルの瞳《ひとみ》が揺れて——。

「マルスは、僕のことを軽蔑《けいべつ》するかもしれない……」

「軽蔑？　この歳でおねしょでもしたのか？　そのくらいなら別に軽蔑しないぞ」

「——ち、ちがうよ！　そんな訳ないでしょ！　こんな時になんなんだよ！」

落ち込み青くなっていたエリルの表情は、瞬時に真っ赤に染まった。

「なんだ。じゃあきっと大丈夫だろ」

「……で、でも……」

俺が笑いかけると、エリルはまた顔を伏せてしまった。

その姿は不安そうで、自信がなさそうで。

「なあ、エリル。お前は俺の最初の友達だ」

「……」

エリルは顔を上げて。

「俺は友達を——エリルを軽蔑したりしない」

「……っ」

「約束だ」

口だけで言ってるわけじゃない。

まだそれを証明する手段もない。

出会ったばかりの俺に、エリルが自分の気持ちを打ち明けてくれるほど信頼を寄せてくれるなんて、そんな都合のいいことを思ってるわけでもない。

ただ、もしエリルが俺を信頼して話してくれるなら、その時は全力で力になりたい。

なんでって問われたら、それは友達だから。

理由なんて、それで十分だ。

「マルス……」

俺の想いが伝わったのか、不安そうに揺れていたエリルの瞳がしっかりと俺を見つめ。

「……わかった。マルスに、聞いてほしい。あの日のこと——僕が犯してしまった罪を」

エリルが口を開こうとした、その時だった。

——カーン、カーン。

間の悪いことに、鐘の音が響いた。

「これって……休み時間が終わったってことだよな？」

「はい、そうです。取りあえず今は教室に戻り——」

「あんたたち二人は、次の授業自習でいいわ。これ、教官命令だから」

ミリリカの言葉を遮りラーニアがそんな指示を出してきた。

「……え？　ならラフィも――」

「自習でいいのは、マルスとエリルの二人だけよ」

「そ、そんなぁ……」

「エリル、マルス君と二人きりで大丈夫？」

どこか不満そうなラフィと心配そうなミリリカ。

一体、何を心配しているのだろうか？

俺がエリルに何か酷《ひど》いことでもすると思っているのか？

だとしたら心外だが。

「ラフィ、悪いな。今はエリルと二人にしてくれ」

「ミリリカ、僕は大丈夫だから」

俺達は二人に言うと。

「……わかりました」

「無理は……しないでね」

それぞれ不満はありそうだったが、引き下がってくれた。

(ラフィには、後で何か埋め合わせをしなくちゃな……)

「この場所は他のクラスが利用するかもしれないから、あんた達も場所を移動しなさい」

最後にラーニアはそれだけ伝えると、ラフィとミリリカを連れて戦闘教練室を後にした。

「俺達も場所を変えるか」

「うん」

さて、どこか落ち着いて話せる場所はあるだろうか。

考えて俺が向かった場所は――。

※

「ここなら、静かに話せるだろ?」

宿舎の自分達の部屋に戻ってきていた。

ここなら誰にも邪魔されることはない。

「じゃあ、聞かせてくれるか?」

「……うん」

ゆっくりと、エリルは話し始めた。

それはエリル達が一年の頃。

昨年の学院対抗戦での出来事。

一年生代表選手に選ばれたエリルは、他の学院の生徒と試合をすることになったそうだ。

その試合で、エリルは相手選手に大きな怪我を負わせてしまった。

極度の緊張と疲労で、魔力暴走を起こしてしまったらしい。

魔力暴走というのは、魔術を行使する際に魔力の制御ができなくなり、術者の意思とは関係なく魔力を体内から放出してしまう状態のことだ。

使おうとしていた魔術は火爆破《エクスプロージョン》だったらしく、エリルの魔力で周囲に火の元素が集まっていたのだろう。

放出された魔力が火を媒介に大爆発を起こした。

試合を見学に来ていた生徒や関係者に怪我はなかったものの、その爆発によって対戦相手は全身が見るも無残に焼け爛《ただ》れるほどの重傷を負ったそうだ。

その場にいた学院長が直ぐに治癒を行った為、一命は取りとめた。

だが、当然試合継続は不可能、危険行為によりエリルは反則負けになった。

エリルは今も悔いているそうだ。

自分のせいで、相手の選手は未来が途絶えていたかもしれなかったこと。

命は助かっても、長期の治療が必要なほどの怪我を負わせてしまったことを。

「その試合の後、僕は魔術が使えなくなっていた。あの時から僕は魔術を使うことが――他人を傷付けることが怖くなっていたのかもしれない」

結果、落ちこぼれと呼ばれるまで成績を落としてしまったわけか。

「俺から言わせれば、エリルの魔力が暴走した際に対処することができなかった対戦者に問題があると思うがな」

実戦中に魔力暴走に巻き込まれる可能性は十分ある。

にもかかわらず、危険行為がどうこう言うのは非常に馬鹿げている。

対処できなければ死ぬだけなのだ。

誰が悪いかと問われたら、その場で対処できなかった自分が悪いのだ。

「……後日、相手の選手に謝罪に行った時、同じことを言ってたよ。この怪我は自分の責任だ。だから気にするなって。罵《のの》られると――いや、会ってすらもらえないと思っていたのに……」

戦いの場で『傷付けてごめんなさい』『傷付けられてごめんなさい』と言う者はいない。

全て自己責任。

それを理解した上で、どちらかが死ぬことを当然と受け止め戦うのだ。

その相手は、戦いの本質を理解していたのだろう。

「でも、僕は怖くなった。強くなることばかりを考えて、戦いの本質を理解していなかった。相手を傷付けるってことを深く考えていなかった」

誰かと戦うということはリスクが付き纏《まと》う。

自分も相手も死ぬかもしれない、殺すかもしれない。

そんな当たり前の現実をエリルは理解したのだろう。

「僕のせいで学院対抗戦の成績は散々、魔術が使えなくなってしまって、落ちこぼれと言われるまで成績も落ちた。いっそ学院を辞めてしまおうかとも考えた」

「それでも辞められなかったんだな」

「うん……。僕にはどうしても叶《かな》えたい目標があった。……それと、その辛《つら》い時期に友達ができたことも理由の一つかな」

「それはミリリカのことか？」

俺が聞くとエリルは首肯した。

「入学したばかりの頃は話したこともなかったんだけど、学院対抗戦以降、みんなに落ちこぼれと揶揄《やゆ》されている中で、ミリリカだけは僕に優しくしてくれたんだ」

その時のことを思い出しているのか、辛そうに歪んでいたエリルの表情が和らいで。

「僕に優しく声を掛けてくれた。たった一言だったけど『大丈夫』って。ミリリカにとっては些細《ささい》な一言だったのかもしれないけど、あの時の僕にとってはその言葉が何よりも嬉《うれ》しかった。一生忘れないと思えるくらいに」

そのたった一言が、エリルにとって救いになったのだろう。

「それから、ミリリカと少しずつだけど話すようになって、今では友達になった」

「ミリリカのことが、好きなのか？」

「もう……。ストレート過ぎるよマルス。……恋愛感情はないけど、友達としては好きだよ」

エリルの表情を見れば、彼がどれだけミリリカのことを慕っているかがわかった。

ほんの少しだけ、二人の関係が羨《うらや》ましくなるくらいに。

「今、エリルがここにいてくれるのがミリリカのお陰でもあるなら、俺も感謝しないとな。お陰で俺は大切な友達に出会えた」

「……マルス、ありがとう。僕にとっても、マルスは大切な友達だよ」

大切な友達――エリルがそう言ってくれたことが、俺は素直に嬉しいと感じていた。

「でも……今までなんとか頑張ってきたけど、次の定期試験の成績次第では、僕のＢクラス落ちは確定だと思う。いや――Ｂクラスに残れればまだいいくらい」

「どういうことだ？　Ｂクラスよりも下はないんだよな？」

「最悪、落第したらこの学院を出ていかなくちゃいけないから……」

試験の成績次第では、この学院に残ることすらできないのか。

「だから、次の試験で好成績を残す為にも、魔術を使えるようになりたい。ならなくちゃいけない」

語調を強めるエリルから、その想いの強さは伝わってきたが。

「相手を傷付けることへの恐怖。そのトラウマを乗り越えない限りは、エリルは魔術を使えない」

「……僕は、乗り越えられるかな？」

「乗り越えるんだろ？　言ってたよな？　認めさせたいヤツがいるって。だったら、こんなところで立ち止まれないだろ？」

その想いが本気なら。

「それに、もし傷付けるのが怖いと思うなら、少しずつ意識を改善していけばいい」

「え？　それってどういうこと？」

「例えば、傷付ける為の魔術ではなく、守る為の魔術だって考えるとかな」

「守る為……？」

「魔術は誰かを傷付けることもある。いや、寧《むし》ろその方が多いかもしれない」

相手を傷付けることが怖いなら、発想の転換をすればいい。

魔術は破壊の為にあるのではないと。

「でも、誰かを救うことだってできるし、守ることだってできる」

「……うん」

俺の言葉に、エリルは確かに、そして力強く頷《うなず》いた。

「エリルは反射や防壁、防御系統の魔術は行使できた。自分の身を守る為の魔術は使えたわけだ」

「昨日まではそれすらもできなかった。マルスのお陰だよ。今日、僕が魔術を使えたのは」

「俺のお陰かは別にしても、エリルは今日だけで大きく前進したってことだな」

自分の意思次第で、魔術が行使できる。

それがわかっただけでも、自信に繋《つな》がるはずだ。

「この調子で少しずつ意識を改善して、トラウマを乗り越えていければ、いつかは攻撃系統の魔術も行使できるようになるかもしれないぞ」

「……でも、いつかじゃダメなんだよ。定期試験までそんなに猶予もないし……」

「なら、早速やってみるか？」

「……え？」

「勿論《もちろん》、いきなり攻撃系の魔術を使えってんじゃないぞ。そうだな……最初は光玉《ライト》を俺に投げつけてみるとかでどうだ？」

俺がエリルにやったみたいに、攻撃力皆無の光玉《ライト》で攻撃する。

光玉《ライト》なら当たっても問題ないし投げる方も気楽だろう。

それにここは宿舎だから、物が壊れる心配をしなくて済む。

「……う、うん。わかった。やってみる！」

少しの逡巡《しゅんじゅん》の後、エリルは俺の提案を受け入れ、早速、光玉《ライト》の魔術を唱えた。

が、最初はやはり上手くいかない。

「やっぱり……ダメなのかな……」

「エリルは魔術が行使できなくなったんじゃない。それはもう証明されてるんだ。他者を傷付ける魔術は使えなくても、誰かを守る為の魔術なら使えたろ？　だったら、発想を転換してみたらどうだ？　例えば、ただ魔術を行使しようとするんじゃなくて、状況を想定してみるとかな」

「状況を？」

「ああ、例えばエリルの家族が大切な物を盗まれた」

「……家族が……」

「そうだ。そして、エリルが魔術を行使できれば、その大切な物を取り戻せる。例えばそう、光玉《ライト》で盗人《ぬすっと》の目を眩《くら》ませれば、その隙に大切な物を取り戻せる」

「大切なものを……わかった。やってみる」

先程よりも確かな、そして不思議と強い意志をエリルの口調から感じた。

直後——魔術を詠唱したエリルの掌《てのひら》に、小さな光玉《ライト》が載っていた。

その光の色は弱く、相手に危害を加えたくないというエリルの意思が表れているようだったが。

「――ぁ……できた！　できたよマルス！」

まずは第一歩を踏み出せた。

そのことが、エリルは心底嬉しそうだった。

感動しているのか、目には涙が溜《た》まっている。

光を利用した魔術の基本中の基本――光玉《ライト》を使うことができただけのことでも、魔術を行使できたという事実が、エリルにとって大きなことだったに違いない。

如何《いか》にエリルが、魔術を行使できず苦しみ悩んでいたのかわかった。

「よし！　それを俺に投げてみろ。ちゃんと俺に届くまで消えないように制御するんだぞ？」

「う、うん。――い、いくよっ！」

投げられた光玉《ライト》が、俺の胸元にぶつかり弾けた。

「怖いか？」

「……だ、大丈夫っ！」

声が震えているが、ダメージなしの光玉《ライト》とはいえ、他人に投げつけることができた。

後は、心の底に根付いた恐怖の意識を、少しずつ変えていければ。

「よし！　エリル、怖いかもしれないが、その調子で挑戦してみてくれ」

「わ、わかった！」

子供でもやらないような魔術の訓練。

きっと他人が見たら笑うだろう。

でも、エリルは真剣だった。

当然、俺も本気だった。

「光を少し強くしてみろ。目くらましだ！」

「う、うん！」

俺に言われて、魔術に込める魔力の量を増やしたのだろう。

「待てエリル、それはちょっと眩《まぶ》しすぎるぞ！」

「ご、ごめん」

俺の言葉にエリルは光の加減を制御した。

少しずつだが、間違いなく成果は出ているように思える。

これで必ず攻撃系の魔術を行使できるようになるなんて保証はないけど、それでも俺はエリルの為になると信じて、授業終了の鐘が鳴るまで訓練を続けるのだった。

※

俺達は宿舎から教室まで戻ってきていた。

「僕、授業を欠席したのって初めてだったよ」

「あれは教官命令だから、欠席扱いにはなってないだろ？」

あのまま訓練を続けても良かったのだが。

「でも、あまり特別扱いされるわけにはいかないから」

と、エリルが言ったので、次の授業には出ることにしたのだ。

(取りあえず、怖がらずに光玉《ライト》をぶつけることが出来るようになったしな……)

一歩でも確実に前進しているはずだ。

隣にいるエリルも、心なしか柔らかな余裕ある表情を浮かべている。

魔術の行使が多少なりとも出来ることで余裕が生まれているのかもしれない。

「エリル、大丈夫だった?」

席に着いた途端、ミリリカがエリルに尋ねた。

「うん、特に問題はなかったよ。魔術もほんの少しだけ使えるようになったんだ」

「魔術を……?」

「うん!　これもマルスのお陰だよ!」

そう言って、エリルは微笑んだ。だが、それとは反対にミリリカの表情は浮かない。

「ミリリカ、どうかしたのか?」

「え──あ、いえ、なんでもないんです。良かったね、エリル」

「ありがとう、ミリリカ」

そんな感謝の言葉を伝えられ、ミリリカも微笑を返した。

それから直ぐに、教室にはラーニアと──教会の修道女《シスター》でもあるユミナが教壇に立った。

「じゃあ授業を始めるわ。修道女《シスター》の授業だからってあんま調子に乗るんじゃないわよ」

荒っぽい発言と。

「では、治癒魔術の授業を始めます」

聖母のような修道女《シスター》の微笑みと共に、授業は始まった。

治癒魔術はその名の通り、傷を癒したり、毒や麻痺《まひ》を治すこともできる便利な魔術だ。

人間《ヒューマン》の治癒力――細胞の活動を促進させることが基本的な治癒魔術の効果だ。

簡単な傷を治す程度であれば治癒魔術としては初級程度。

毒や麻痺などの状態異常の回復を行えるようになると中級。

上級治癒魔術は切断部の修復も可能だが、肉体が失われている場合は治癒することができない。

そんな基本的な話をしてくれたユミナだが、彼女の授業は丁寧で非常に理解しやすかった。

ただ魔術書に書かれている通りに教えるのではなく、火傷《やけど》を治癒する場合は、水を媒介に治癒魔術を行使すると効果的だったとか、自分の体験談も話した上で治癒魔術の効果的な利用法や応用法を教授してくれる。

素晴らしい授業ではあるのだけど。

「シュナック教官！　怪我を負ってしまいました。治療して頂けないでしょうか？」

なぜか突然、怪我人が現われ。

「うっ……腹痛が……教官の癒しをいただけませんか？」

なぜか病人が現われ。

「睡眠不足で眠いので膝枕《ひざまくら》を……」

なぜ膝枕なんだ？　と疑問に思ったが、こいつはクラスの生徒に一斉にボコボコにされていた。

だが、結果的にその生徒はユミナに治癒魔術をかけてもらっていたので幸せそうだった。

ユミナは一人一人に真摯《しんし》に向き合う。

くだらない冗談も本気で受け止めてしまう。

ラーニアの効率的な授業と違い、ユミナの授業は無駄が多いようだった。

冒険者と聖職者の違いなのか、単純にユミナが舐《な》められているのか。

そもそもユミナ自身が治癒してやる必要はないんじゃないだろうか？

「ユミナ……教官。提案があるんだが」

「？　なんでしょうかマルス君」

「怪我人や病人が出た際は、生徒に治療させるってのはどうだ？　生徒たちの勉強にもなるし、授業も効率化すると思うんだが？」

俺が提案すると。

「――それは素晴らしいです！　では、次回からその提案を採り入れて授業を行いましょう！」

絶賛だった。

が――ギロッ――と鋭い視線を感じた。

多くの殺気が俺に向けられている。

それはクラス中の男子生徒からのものだった。

これはもしや。

（余計なことをするなってことか……？）

どうやら俺の提案は、多くの男子生徒を敵に回すことに繋《つな》がってしまったようだ。

団体で生活するって、難しいものだな。

治癒魔術の授業なのに、俺はほんの少しだけ協調性というものを学んだ気がした。

※

陽も落ちて夕暮れ時。

治癒魔術の授業が終わり授業日程は全て完了。

俺の学院初日も終わった。

宿舎では今頃、ネルファが夕食の準備で大忙しかもしれない。

「マルス、今日はお疲れ様」

「エリルもな」

「学院初日はどうでしたか？」

ミリリカにそんなことを聞かれた。

「まだ良く分からないってのが本音だな。でも、それなりに面白かったぞ」

「そうですか。まあ、マルス君ほど強ければ、何も悩むことなんてないでしょうからね」

ミリリカのその発言に、俺は少しだけ引っかかりを覚えた。

「？　何か悩みでもあるのか？」

「あ――い、いえ、ごめんなさい。わたしはもう宿舎に帰りますね」

俺の質問には答えず、ミリリカは教室から出て行ってしまった。

「マルスさん！　お疲れ様です！　これからラフィとデートでもいかがですか？」

ミリリカと入れ替わりで、ラフィが俺の元にやってきた。

この後、とくに用事があるわけではないが。

「悪いな、ちょっと教官室に行ってくる」

「どうかしたの？」

「魔石を受け取ってこようと思ってな」

「ああ……まだ渡されてなかったもんね」

「そうなんだ。だから、二人は先に帰ってて――」

言い終わる前に、ラフィが俺の腕を取った。

「ラフィもご一緒します！」

「……了解」

ニコッと微笑む兎人《ラビット》の少女の気持ちを、俺は無下にすることはできなかった。

「エリルはどうする？」

「……う～ん……」

迷っているエリルの視線は、ラフィに向いた。

ラフィは目でエリルに何かを訴えている。

それはもう睨《にら》むと言っていいくらいの眼力だった。

何を訴えているのかは、俺にはわからなかったが。

「あ、あはは……じゃ、じゃあ、僕は先に帰ってようかな」

「そうか？　なら、また宿舎で」

「うん。部屋で待ってるから、戻ってきたら一緒に食事にしよう」

それだけ約束して、俺達は教室を出た。


〈エリル視点〉


マルスたちと別れた僕は、学院の正面玄関に来ていた。

玄関前にはいつもよりも多くの生徒がたむろしている。

誰かを待っているのだろうか？　と、気に留めていると。

「二年のエリル・ハイネストだよな？」

その中の一人に声をかけられた。

狼人《ウエアウルフ》の男だ
見たところ、二年の生徒ではないみたいだけど。

「……なんですか？」

「マルス・ルイーナってのはどこにいる？」

「マルスに、何の用ですか？」

用件も言わない相手に、場所を教えるわけにはいかない。

そもそも、明らかにいい用事ではなさそうだ。

「いやな、俺らの可愛い後輩がマルスって野郎にイジメられたって聞いてよ」

「イジメ？　マルスはそんなことしませんよ。何かの勘違い——」

「テメーは聞かれたことだけに答えりゃいいんだよっ！　マルスってのはどこにいる？」

狼人《ウエアウルフ》達が僕を取り囲んでいく。

「少なくとも、ここにいないのは見てわかるでしょ？」

「……お前さ——」

「——なっ」

狼人《ウエアウルフ》の突き出した拳《こぶし》が、頬を掠《かす》めた。

「状況わかってんのか？」

「状況？　今からここにいる全員で円舞曲《ワルツ》でも踊るの？」

彼らが集団でマルスを待っていた理由は、なんとなく想像が付いてしまった。

だからこそ、僕がここでマルスの居場所を正直に告げることなんてできない。

敵の数は多い。

戦って勝てる保証なんてない。

でも、こいつらはここで、僕がどうにかしてみせる。

どうにかしなくちゃいけない。

僕は――マルスの友達だから。

「マルスの居場所は、絶対に話さない」

「はっ――いい度胸だっ！」

その言葉を皮切りに、狼人達《ウエアウルフ》が一斉に襲い掛かってきた。

全員武器は持っていない。

しかし、身体能力の高い狼人《ウエアウルフ》の猛攻は、たとえ素手だとしても脅威だ。

そもそも狼人《ウエアウルフ》の鋭利な刃物のような爪で攻撃されれば、急所に当たれば間違いなく致命傷だ。

かわしきれなかったら、最悪急所だけでも守らないと。

避《よ》けきれない攻撃は急所を狙われたもの以外は受ける。

そう決めた。が、狼人《ウエアウルフ》たちは急所を狙おうとはしない。

相手は本気でない。

なら、そこから勝機を見出《みいだ》せそうだ。

全員の攻撃を観察していく。

チームワークなど全くない。

一人一人の動きにも隙がある。

僕がこれだけの人数を相手になんとか立ち回れているのは、そういう理由があるからだ。

でも、今のところ反撃する余裕がない。
体力《スタミナ》も徐々に落ちている。
鼓動が激しくなっているのがわかる。
呼吸が乱れている。
長期戦になれば不利だ――。
僕がこれだけの人数をまとめて相手にするには、魔術を使うしかない。
でも――できるのか？
大きな怪我をさせない程度の威力で魔術を行使しなければならない。
確実な魔術制御が必要だ。
久しぶりの実戦で、いきなりそんなことが？
頭の中に事故の記憶が蘇《よみがえ》る。
焼け爛《ただ》れ、倒れ伏した生徒の姿。
思い出すだけで戦慄《せんりつ》する。
自分のやってしまったことに絶望する。
思考が停止したみたいに、何も考えられなくなって――。
「ぼ～っとしてんじゃねえよ！」
そんな一瞬の油断が仇《あだ》となった。
「ぐっ――」

狼人《ウエアウルフ》の拳が、僕の腹部に突き刺さった。

呼吸が止まり、膝《ひざ》が崩れ落ちそうになる。

「足が止まってるぞ？」

必死で耐えて、なんとか攻撃をかわした。

（余計なことを考えるな……）

自分に言い聞かせた。

今は、マルスを守る為だけに戦うんだ。

僕は襲い掛かってくる相手をしっかりと見据えた。

「おら！　どうしたよ！」

「威勢が良かったのは最初だけか？」

「逃げてるだけかよ！」

四方八方から来る攻撃をなんとか捌《さば》いていくが、防戦一方なのは変わらない。

「お、なんだなんだ？　乱闘か？」

「いや、乱闘っていうよりは、狼人《ウエアウルフ》達が集団で一人を甚振《いたぶ》ってるみたいだぞ」

「あれ、二年のエリルだろ？　魔術が使えない落ちこぼれって噂だぞ」

気付くと見物人が集まってきていた。

誰も手を出そうとする者はない。

実力主義のこの学院では、こういった戦いは珍しくはなく基本的にトラブルは自分で解決するのが当然なのだ。

「このままギャラリーが集まってくれれば、マルスってヤツも勝手に来てくれそうだな」

「くっ――そんなこと、させない！」

「おいおい、ムキになるなよ」

しまった――そう思った時にはもう遅かった。

「隙だらけだぞ」

狼人《ウェアウルフ》の上段蹴《げ》りが目前に迫り――直撃しそのまま地面に薙《な》ぎ倒された。

脳が揺さぶられるような一撃に視界が霞《かす》む。

「どうだ？　……そろそろ話す気になったか？」

そんな声が聞こえた。

だけど。

「……イヤだ！」

それだけは絶対にできない。

「お前、馬鹿か？　何を意地になってる？　話して楽になっちまえよ」

馬鹿だっていい。

友達を守る為なら、意地だって張ってやる。

それでマルスの友達で居られるなら。

地面に手を突き、震える足でなんとか立ち上がろうと正面を見据えた。

狼人《ウェアウルフ》達は僕に手を出そうとはせず、つまらなそうにこちらを見ている。

霞《かす》む視界の先に、見物人が幾重にも重なっていた。

その中に――。

「え……？」

ミリリカがいた。

見間違いだろうか？

僕を見つめるミリリカは笑っていた。

口が裂けるのではないかというほどに大きく歪《ゆが》んで、物凄《ものすご》く楽しいことをしているみたいに。

心の底から湧き出る衝動を抑え切れないみたいに。

「ミリ……リカ……？」

思わず、声に出てしまった。

見なかったことにしたかったのに、言葉が漏れ出てしまった。

「……エリル」

僕を呼ぶその声は、いつも通り、とても優しかった。

「なんだ、お前も見てたのか？」

狼人《ウェアウルフ》の一人が口を開いた。

どうして、この狼人《ウェアウルフ》がミリリカのことを知っているんだ？

混乱する思考を冷静に制御しようとしても、僕は心を平穏に戻すことはできなくて。

「ええ。ちょっと様子を見るだけのつもりが、エリルがあまりにもボコボコにされているから」

「こいつが一人で出てきたから、マルスってヤツは捕まらなかったんだ」

おかしい、どうして二人は、そんな話をしているんだよ？

それじゃまるで、マルスのことを襲わせるように嗾《けしか》けたのが……。

いや、違う。そんなの嘘だ、ありえない。

だって、ミリリカは僕の友達で、大切な大好きな友達で。

「おい、凄《すご》い顔でお前のことを見てるぞ？」

「え？　ああ――きっとショックを受けてるんだと思います」

僕のことを見て、ミリリカは痛々しそうに口元を覆った。

その動作はボロボロになった僕を見て嘆いてくれているようにも見えた。

でも、それはきっと、僕の都合のいい妄想だ。

いっそ騙《だま》してくれればいいのに、そうはさせてくれなかった。

だって、口元を覆っていてもわかってしまうくらい、僕を見る彼女の目が笑っているのだから。

「ごめんねエリル――バレちゃったよね」

「バレたって……み、ミリリカ、何を……言ってるの？」

「三年生に、マルス君がセイルをイジメたから、仕返ししてあげてってお願いしたのわたしなんだ」

「え……？」

「三年生にやられたら、少しは大人しくなってくれるかと思って見にきたんだけど、エリルがボコにされていてびっくりしちゃった。まあ、それはそれで面白かったけど」

面白い？　意味がわからなかった。目の前にいる少女は、本当にミリリカなのだろうか？

「マルス君、落ちこぼれのエリルと一緒に訓練なんてするんだもん。エリルは落ちこぼれだから価値があるのに」

「落ちこぼれ、だから……？」

「ふふふふ——あはははは っ——もうわたしが抑え切れないから、教えてあげる」

口元を押さえていた手を——その指先を僕に向けて。

「エリル～、実はわたしね——ず～っとあなたのことだ～いっキラいだったの！」

穏やかな、いつも通りの優しいミリリカの声だった。

でも——醜く歪んだその表情が、彼女の言っていることが事実だと否応《いやおう》なく僕に告げた。

だけど、信じたくない。

「う、嘘だよね？　ミリリカ。だって、僕達は友達で——」

「え～？　わたしからあなたのこと、友達だなんて言ったことあったかしら？」

「え……？」

だって、ミリリカはずっと僕の傍にいてくれた。

ミリリカと出会ってから、今まで……——ミリリカと過ごしてきた日々を振り返って——。

「……あれ……どう、して……？」

でも、どれだけ記憶を探っても、彼女が僕に友達だと言ってくれたことはなくて。

いつもその言葉を口にしていたのは、僕だけだった。

「で、でも！　口に出さなくたって、僕達は友達だったはずだよ！」

「はぁ？　なんで？　どうしてわたしが、あなたみたいな落ちこぼれの友達なの？」

ズキズキと、胸に痛みが走った。

落ちこぼれだなんて言われても、なんとも思うことはなくなっていたのに、ミリリカの突き放すような一言だけで、心が痛くて痛くて、その痛みは我慢できないくらい胸を抉《えぐ》っていく。

それでも、僕は勇気を振り絞った。

彼女のことを信じたかったから。

「……なら、どうしてあの時、声を掛けてくれたの？」

「あの時？」

「僕が学院対抗戦で魔力暴走を起こした後、ミリリカは、ミリリカだけが『大丈夫』って心配してくれたじゃない。あれから僕達は仲良く――」

「……ああ、思い出した。うん……あれかぁ」

ミリリカは穏やかな笑みを浮かべてくれた。

その笑顔を見て、僕の心に僅《わず》かな希望が宿った。

きっと、これはミリリカが僕を驚かせる為に、ワザと言っているんじゃないかって。

「あれはね、わたしの『友達』との罰ゲームだったの。ちょっとしたお遊びで、賭《か》けに負けた人があの一人ぼっちの男の子に声を掛けてこようって」

でもそれは、僕の都合のいい幻想だった。

「だから、別にエリルのことを心配したわけでも、友達になろうとしたわけでもないよ？　そうじゃなかったら、なんでわたしが女みたいな顔の気持ち悪い男に声を掛けなくちゃいけないの？」

人格が否定されたようで、言葉では言い表せないほど心がぐちゃぐちゃになっていく。

「……なら、どうしてずっと、僕の傍にいたの？　罰ゲームなら、声を掛けて終わりで良かったじゃない」

自分の声が震えているのがわかった。

「面白かったの。魔術も使えなくなった元首席が、どうにか足掻《あが》いて努力する姿。高いところから落ちていく人の姿を見るのが、こ～んなに甘美なんだって、教えてくれたのはエリルだよ。だから、その点は凄く感謝してる」

ミリリカの純粋な笑みはあまりにも残酷で。

「それはわたしにとっては堪《たま》らないほど快感だった。だから、そういう意味ではわたしはエリルのことが好きだった、玩具《おもちゃ》としては最高だった。でも――マルス君のせいで、エリルは魔術を使えるようになっちゃったんでしょ？」

心が引き裂かれていく。ぐちゃぐちゃに掻《か》き乱されていく。

「だからマルス君は嫌い。エリルはダメだからここにいる価値があったんだよ？　エリルが落ちこぼれでいてくれたら、わたしたちが落第する可能性も下がるし」

大切な友達に、蔑《さげす》みの目を向けられることがあまりにも痛かった。

一言一言が突き刺さって、心が泣き叫んでいて。

「ねえ……ミリリカ、嘘だって言ってよ」

「嘘？　嘘なんかじゃないよ。ぜ～んぶ本当のこと！」

ミリリカが笑えば笑うほど、僕は暗いところに落ちていきそうになる。

どうしたら、この痛みがなくなるんだろう？

もう、立っているのも辛《つら》い。意識を保っていたくない。

なのに、そう思えば思うほど、胸の痛みが強くなって、僕を空っぽにしてくれない。

友達じゃなかった、友達だと思っていたのは僕だけだった。

涙が溢《あふ》れてくる。

こんなことなら最初から。

最初から友達なんて要らなかった。

友達なんていなかったら、こんな思いをせずにすんだのに。

「ぷっ——あははははっ、おいおい、どんだけひでえんだよ」

「全くだな。友達なんだろ？　少し優しくしてやれって」

「ほら、泣きそうな顔してんじゃん」

「でもさ、こうやって見ると、エリルちゃんは、本当に可愛い顔してるな」

面白いものでも見るみたいに、狼人《ウエアウルフ》の一人が僕に目を向けた。

「そうだな。気持ち悪いくらいに美少女だな」

「ぷくくっ、男なのに美少女って——あ、でも、実は本当に女だったりしてな」

「なら——脱がせてみるか」

え——？　何を言ってるの？

一歩、一歩と狼人《ウエアウルフ》が近付いてくる。

「こ、来ないで……」

「ははっ——来ないでだって。本当に女みたいだ。顔も声も、態度も全部」

「ち、違う！　僕は男だよ！」

男じゃなくちゃいけない！

そうじゃなくちゃ、強くなんてなれない。

「だったら、この場で脱いでみろよ？　男ならできるだろ？」

「え……？」

「いいですね。エリル、脱いでみせてよ。わたしからもお願い」

「自分で脱げないっていうなら、オレらが脱がしてやるよ」

「や、やめ——」

逃げなくちゃ、直ぐにここから。

でも——僕が逃げたら、マルスは？

「——おい。目的を履き違えるな。俺らの目的はマルスって野郎だろうがっ！」

狼人《ウエアウルフ》達が僕を囲んでいく中、リーダー格の男が一歩前に出た。

「なんだよラスティー、折角面白くなりそうだったのに」

「エリル、取引だ。マルスを連れて来い。そうしたら、お前のことは許してやる」

「え……？」

「え〜、どうして？　このままエリルをイジメようよ」

「俺の目的はセイルの仇討《あだう》ちだ。エリルを嬲《なぶ》るのが目的じゃない」

（マルス……）

彼のことを思い出す。

圧倒的に強く、ブレない、それでいて真っ直ぐで、物凄く世間知らずで、ちょっと変わったところのある僕の友達のことを。

「お前がマルスってヤツを庇《かば》ってなんの意味がある？　この女みたいに直ぐにお前を裏切るかもしれないだろ？」

その言葉が、圧倒的な恐怖感となって僕に襲い掛かってきた。

マルスも、いつか僕のことを裏切るの？

ミリリカみたいに？

怖い。また裏切られてしまったら、もう僕は。

もし僕がここで彼のことを売ったとしても、きっと彼なら何の問題もないはずだ。

ここで僕が戦っているのはただの自己満足でしかなくて。

だったら、僕がマルスの為に戦う理由って何？
僕が今戦っていた理由は？　何の為に、戦ってたんだっけ？
どうして、こんな辛い目にあってるんだっけ？
それすらもわからなくなって、頭の中がぐちゃぐちゃになって――でも。
また裏切られてこんな痛い思いをするくらいなら僕は――。
「な、楽になれよ？」
狼人《ウエアウルフ》の言葉が、悪魔のような甘い囁《ささや》きに聞こえて。
（――だけど……本当にそれでいいの？）
マルスは強いけど。
それでも、心が痛くならないわけがない。
マルスはどう思うだろう？
僕が彼を裏切ったとしたら？
この痛みをマルスも受けることになるの？
こんな辛い痛みを？
それはダメだ。
この痛みを知っている僕が――この痛みを知っているからこそ僕は！
「……マルスは、何度も僕を助けてくれたんだ」
「あん？」

セイルに嫌がらせを受けた時、授業で罵詈雑言《ばりぞうごん》を浴びせられた時、そして今も、魔術を使えない僕の力になってくれて。

何より――マルスは何度も、はっきりと僕を友達だと言ってくれた。

だから。

「――僕は、マルスを裏切るくらいなら、ここで嬲られたほうがマシだよ」

こんな辛いことを、こんな痛みを、友達《マルス》に感じてほしくないから。

「……そうか。とんでもねえ馬鹿だよお前」

ゆっくりと狼人《ウエアウルフ》達が僕に迫ってきた。

（……これで良かったんだ）

逃げずにいられた。

裏切らずにいられた。

弱いままの僕だけど、そのことだけは誇ってもいいはずだ。

僕は最後の力を振り絞り立ち上がろうとして。

でも――それでも膝《ひざ》が崩れ落ちてしまった。

（……こんな僕を見たら、マルスはなんて言うかな？）

僕はマルスに良かったと思ってもらえるような――友達でいられたかな。

〈マルス視点〉


折角だからと、ラフィが少しだけ学院内を案内してくれた。

二年の教室から左回りに学院内を回り、一年の教室や中庭、食堂の場所も説明してくれた。

それから、俺とラフィは当初の目的通り教官室に到着し、中に入ろうとしたのだが。

「おい、聞いたか？　正面玄関の先で乱闘だってよ？」

「ああ、面白そうだし、見に行ってみようぜ」

廊下を走っていく生徒達の声が聞こえ、俺は扉を開くのをやめた。

「……乱闘？」

「大して珍しいことじゃないですよ。この学院じゃ生徒同士の小競り合いはよくあることですから」

「ちょっと見に行ってくる」

「え？　マルスさん、魔石は？」

「後でいいよ」

「ちょ、ちょっと待ってください」

戸惑うラフィには悪いと思ったが、俺は正面玄関に向かう生徒達の後を追った。

玄関を出ると大きな人だかりができていた。

人だかりの中心はやけに騒がしく不穏な声が聞こえてくる。

「――おい。目的を履き違えるな。俺らの目的はマルスって野郎だろうがっ！」

俺の名前を呼ぶ男の声が聞こえ、俺は人だかりに割って入る。

するとそこには、狼人《ウエアウルフ》と対峙《たいじ》するエリルの姿があった。

一目でわかるくらい、傷つきボロボロになっている。

「なんだよラスティー、折角面白くなりそうだったのに」

「エリル、取引だ。マルスを連れて来い。そうしたら、お前のことは許してやる」

許す？　このラスティーとかいう狼人《ウエアウルフ》は何を言っているのだろうか？

一歩一歩、脅しを掛けるように、恐怖を与えるように、ゆっくりと狼人《ウエアウルフ》がエリルに近付いていく。

「お前がマルスってヤツを庇ってなんの意味がある？　この女みたいに直ぐにお前を裏切るかもしれないだろ？」

庇う？　エリルが俺を？　どういうことだ？　……エリルが傷ついたのは俺のせいなのか？

俺はエリルに目を向けた。

エリルは迷っているようだった。

しかし、その瞳《ひとみ》からは光が消えていく――まるで全てに絶望するみたいに。

きっとエリルは俺を売るだろう。

(だが、これだけ傷付けられたのなら、それも仕方ないこ――)

「――僕は、マルスを裏切るくらいなら、ここで嬲られたほうがマシだよ」

信じられない言葉が俺の耳に届いた。

言葉を発したのは間違いなくエリルで——瞬間——エリルの瞳には確かな意志が宿っていた。

その目に灯《とも》った光は——俺を守る為の決意を固めた確かな証《あかし》のようで。

「……そうか。とんでもねえ馬鹿だよお前」

立ち上がろうと力を振り絞ったエリルを見た瞬間——自然と身体が動いていた。

「友達の為に立ち上がることが、馬鹿なことか？」

「え——？」

崩れ落ちかけていたエリルの身体を支える。

その身体はボロボロで、弱々しくて。

でも——誇りだけは失っていない。

「ありがとう、エリル。俺のことを守ろうとしてくれたんだな」

「……マル……ス」

「俺は——エリルと友達でいられて本当に良かった」

友達ってものがよくわからなかった俺だけど。

今もまだわかっていない俺だけど。

それでも、エリルと友達でいられることが嬉《うれ》しかった。

（……今だからわかる）

『友達が出来たら命を懸けて守れ』

『そうすれば、友達もきっと自分《おまえ》を守ってくれるから』

そう言っていた師匠《アイネ》の言葉は、やはり間違ってはいなかったって。

「今度は俺がエリルを守る番だな」

「……っ」

エリルが唇を噛《か》んだ。泣くのを我慢しているみたいに。

俺は、こちらを見据える狼人《ウエアウルフ》達と対峙する。

「お前らがやったんだな？」

「見りゃわかんだろ？」

「そうか――なら安心したよ」

「は？　意味わかんねえことを言ってんじゃねえ――がっ――」

殴りかかってきた狼人《ウエアウルフ》の顎《あご》を軽く殴ってやると、その場に力なく倒れ伏した。

「相手がわからなくちゃ、ぶっ倒すこともできないからな」

「なっ――」

倒れる狼人《ウエアウルフ》を見て、周囲の者達は唖然《あぜん》としていた。

それは見物人も例外ではなく――。

「あらあら、今になってマルス君のご登場ですか」

そんな中、一人の少女の暢気《のんき》な声が聞こえた。

「ミリリカ？　なんでお前が？」

見物人の一人に、ミリリカの姿があった。

「なんでって、見ていたんですよ？　エリルが無様にのたうち回る様を」

「……どういうことだ？」

俺はミリリカにではなく、エリルに聞いた。

「……っ」

エリルの顔はただただ辛そうで。

「エリルはショックを受けちゃったんですよ。わたしがエリルのことを友達だなんて思ったことなかったよって告げたら、悲しくて苦しくて、泣きそうになっちゃってたんですよ」

「友達じゃなかったのか？」

「どうしてこのわたしが、エリルみたいな落ちこぼれとお友達でいなくちゃいけないんです？」

「そうか――」

大好きな友達だと言っていたミリリカに裏切られたから。

だからエリルは、こんなに悲しそうだったのか。

「なら、良かった」

「良かった？　何がですか？　もしかして、エリルがボロボロになっていたことが？　な～んだ、もしかしてマルス君も、内心ではエリルを見下してた――」

「違うよ。お前みたいなクズが、エリルの友達じゃなくて良かったって言ってるんだ」

「く、クズ？　その落ちこぼれに比べれば、わたしは遥《はる》かに――」

「エリル、悔しくないか？」

何かを喚《わめ》いているミリリカを無視して、俺はエリルに言った。

「見返してやりたいと思わないか？」

「……」

エリルは逡巡《しゅんじゅん》するように、俺から目を逸《そ》らした。

「俺は――認めさせてやりたい」

だが、その言葉を聞いて再び俺の目を見て。

「俺の友達が――エリルが落ちこぼれなんかじゃないってことをさ」

「……マルス……僕は――僕も――」

その瞳は俺に訴えかけていた――このままじゃ終われないと。

「だったら、見返してやれ！　お前を馬鹿にしたヤツらを、ミリリカを！　その為なら俺は、いくらだって手を貸す――お前を最後まで守ってみせる」

俺はエリルの手を握った。

そして。

「立てるか？」

俺が問いかけると、エリルは俺の目を見つめ。

しっかりと頷《うなず》き返した。

「戦えるな？」

「うん」

ゆっくりとエリルは立ちあがり前を見据えた。

「お前ら――たった二人で俺ら全員を倒すつもりなのか？」

狼人《ウエアウルフ》達の中心にいた男――ラスティーが一歩前に出て口を開いた。

「いや――俺は手を貸すだけだ」

「は？」

「お前らをぶっ倒すのはエリルだからな」

俺の言葉に。

「はっ――はははははっ」

「おいおい、そこの落ちこぼれが俺らを倒すってよ」

「こいつ、状況を全くわかってねえわ。さっきだって、そいつはボロボロに負けたんだぞ？」

狼人《ウエアウルフ》達は笑い声を上げた。

「負けた？　まだ戦いは終わってないだろ？　なあ、エリル？」

「……うん。勿論《もちろん》だよ。僕はまだ戦える」

俺が聞くと、エリルはその場にいる全員に聞こえるように。

「僕は――必ず勝ってみせる！」

はっきりと宣言した。

「狼人《ウエアウルフ》達にも――ミリリカ、キミにだって」

「はっ――本気で言ってるのかよ？」

「あはははっ、エリルが？　わたしに？」

ラスティーと、ミリリカの口振りは、どちらも呆《あき》れきっているが。

「冗談かどうかは、やってみりゃわかるだろ？」

御託はいらない——直ぐに結果はわかるから。

「——そうかよ」

ラスティーの雰囲気が変わった。

殺気を隠そうともせず、両足で地を蹴《け》った。

それなりに速い。

セイルより少し速い程度だろうか？

その指先は俺の首を狙っていた。

素手のはずが、爪は刃物のように鋭い。

当たれば喉《のど》が潰《つぶ》れるだろうが——当たらなければ何の問題もないつまらない攻撃だ。

「？　……あいつは……？」

俺がどこに行ったのかわからないのか、ラスティーはキョロキョロと周囲を見回している。

「あのさ」

「——っ⁉」

背後から声をかけた。

攻撃をかわされたことに驚いているのか、それとも俺に後ろを取られたことに驚いたのか。

その表情には明らかな動揺が見えた。

「勘違いするなよ。手を貸すとは言ったが、あんたを倒すのは俺じゃなくてエリルだ」

こんな攻撃が当たるわけがない。

直線的な動き。

セイルと同じだ。

狼人《ウエアウルフ》は全員、直線的な動きしかできないのだろうか？

「……何をした？」

「は？」

「何をしたんだ！」

ただ攻撃をかわしただけなんだが。

「魔術か？　だが、あの一瞬で？」

「は？　あんた何言ってんだ？　あの程度の攻撃をかわすのに、魔術なんて必要ないだろ？」

「ちっ……どうやら手品の種を教えるつもりはないらしいな」

こいつ、さっきから全く俺の話を聞いてねえな。

「だったらぶっ倒して、無理矢理聞き出してやる」

再び攻撃が再開された。

「大振りだな」

顔面への一撃は首をそらすだけでかわした。

二撃目も顔だが、反対に首をそらす。

「ちょこまかとっ！」

「だからさ、あんたが戦うのは俺じゃないだろ？」

「黙れっ！　落ちこぼれの相手は後だっ！」

上段蹴りをバックステップでかわす、欠伸《あくび》が出てしまいそうなほど捻《ひね》りのない一撃だった。

「……だったら――風よ！」

ラスティーを中心として強烈な風圧が生じた。

「さあ……今度はかわせるかっ！」

風を利用した速度上昇だろう。先程よりも遥かに攻撃速度が上昇している。

だがそれでも。

「……なんでだ⁉　なんで当たらない！」

一撃の軌道はまるで同じで、攻撃パターンがとにかく単純、これで当たるわけがない。

「あのさ、俺の話を聞いてるか？」

もう倒してしまおうか？

だが、エリルが倒すと宣言している手前、俺が倒してしまっていいのか悩む。

（どうしたものか……）

攻撃を避《よ》けながら思考を巡らせていると、エリルの顔が目に入り――。

（そうだ……！）

思いついた。

どうせなら、こいつらを利用してやればいい。

「エリル、こいつらを倒すついでに、訓練をしよう」

「……は？」

「お前が魔術を使ってこいつらを倒してみせてくれ」

「え――ええっ⁉」

俺のアイディアは、エリルを驚愕《きょうがく》させるようなものだったらしい。

「できるよな？　俺は一切攻撃はしないぞ」

「って、テメェなめてんのかっ！　攻撃しない？　ふざけるんじゃねえ！」

「攻撃はするよ。エリルが」

「っち――テメー、マジで後悔させてやるっ！　おい、お前らも見てないで手伝え！　全員でこいつの動きを止めろっ！」

ボス犬の命令に、狼人《ウエアウルフ》たちは俺を捕らえようと動き出した。

「さてエリル、俺に当てないようにしてくれよ」

「……ど、どうしてそうなるんだよぉ！」

なんでそんな泣きそうな声を出すんだ。

「俺は本当に一切攻撃しないからな。ちゃんと助けてくれよエリル」

「だ……だけど！」

「助けてくれないと、俺はこいつらにボコボコに殴られるんだろうなぁ……」
俺を守る為に魔術を使えと、遠まわしにそう言った。
友達を守る為に魔術を行使しなければならない。
そういう名目をエリルに与えたのだ。
さて、どうなるか。
これでエリルが攻撃魔術を行使できたなら重畳《ちょうじょう》だ。
心配なのは体力《スタミナ》がどこまで持つかだな。
直ぐにへばるなよ、狼人《ウエアウルフ》。
せめて、エリルが魔術を使おうと決心できるまでは持ってくれ。
こうして俺は、暫《しばら》く攻撃を避け続けることになった。

〈エリル視点〉

(なんでこんなことに……！)
マルスは狼人《ウエアウルフ》たちの攻撃を、ダンスのステップでも踏むみたいに軽々とかわしていた。
攻撃は全く当たる気配はない。
反撃する余裕もありそうなのに、攻撃はしない。
マルスはただ相手からの攻撃を避け続けるだけだった。

そして時折僕の方を見る。
ちら、ちら……と視線だけを動かして。
なんだかマルスは楽しそうだ。
少しわくわくしているような気さえする。
(何を考えてるんだよキミは！)
そう叫びたかった。
これだけの人数を相手にしてるんだ。
マルスの体力《スタミナ》だってどこまで持つかわからない。
いくらマルスが強くたって、もしもってことがあるかもしれない。
だったら早く魔術を使ってマルスを助ける？
でも、無理に魔術を行使しようとして魔力暴走が起こったら。
ここには騒ぎを聞きつけた多くの人が集まっている。
彼らを巻き込んでしまう可能性だってあるんだ。
一番いいのは魔術を失敗しないこと。
そして大きな怪我を負わせない程度に戦闘不能にできるのが理想だ。
でも、今僕は光玉《ライト》を相手に投げつけるのでもやっとだ。
光玉《ライト》に攻撃力は皆無。
とても相手を戦闘不能にするなんてことはできない。

もし光玉《ライト》を投げたとして――。
（……いや？　でも……そうだ……！）
相手を戦闘不能にすればいいなら、それは魔術だけでやる必要はない。
もしかしたら。
「光の粒子よ――」
割り切ってやってみるしかない！
もう他にアイディアはないんだ！
僕は照準を定める為に、右手を前に突き出す。
マルスがこちらを見て、少し頬を吊《つ》り上げた気がした。
「マルス、目を瞑《つぶ》って！」
マルスが自分の顔を腕で覆ったのを確認して、僕は魔術を行使する。
「光玉《ライト》」
攻撃力皆無の光の魔術。
でも、光の強さを可能な限り最大に調整した。
僕はそれを狼人《ウエアウルフ》たちのいる中心に叩《たた》きつけた。
瞬間、光が爆発するみたいに周囲を照らす。
目を瞑っていても眩《まぶ》し過ぎるくらいの閃光《せんこう》に目が焼かれそうだった。
でも、僕は直ぐに目を開けた。

光は既に収まっている。

「ぐっ——目が……」

「くそがっ、どこにいやがる！」

案の定。

僕の作戦は成功していた。

疾走しつつ、魔石に魔力を込め武器のみを形成する。

無防備な狼人《ウエアウルフ》たちに峰打ちを叩き込み気絶させていく。

一人、二人、三人、四人、五人。

視力が回復する前に全員倒す。

六人、七人、八人、九人——後は、リーダー格の狼人《ウエアウルフ》を。

「——風よ！　——吹き荒れろ！」

ラスティーが叫んだ。

すると、暴風雨のような強烈な風が吹き荒れた。

その風が防壁のようになり、これ以上近付くことができない。

「……ちっ、やっと見えてきやがった。くそがっ！　なんだってんだ！　ただの光玉《ライト》でこんな……くそ！　くそっ！　くそがよっ！」

倒れ伏す仲間の姿を見て蛮声を上げ、イラついた様子を隠そうともせず地団駄を踏んでいる。

「クソがっ！　俺がこのクソ野郎と戦ってる時に不意打ちなんざしやがって！　卑怯《ひきよう》野郎がよ

っ！」

「いや、先に大人数でエリルを襲ってたお前がそれを言うのか？」

僕の気持ちをマルスは代弁してくれたみたいだ。

一切の焦りもなく淡々と告げるマルスを、狼人《ウエアウルフ》は睨《にら》み付けた。

その瞳《ひとみ》には殺気がこもっている。

「……――」

言葉もなく、マルスに向かい突進していった。

なのに、マルスは動かない。

ただ、その視線だけは僕に向いていて――。

「エリル、後一人だぞ」

その瞳は――僕が彼を倒すと信じていた。

バカだよ、マルスは。

こんな状況にされたら、僕は――。

「貫け――閃光よっ！」

絶対にマルスを守ってみせる。

決意し突き出した右手から光の波動が放出された。

その光速の一撃は――狼人《ウエアウルフ》の攻撃がマルスに届くより早く。

「……ぐぁ――」

目標の敵を撃ち貫いた。

〈マルス視点〉

「……や、やったの？」

自分のやったことが信じられないように、エリルはぽつりとそんなことを言った。

「ああ、お前がやったんだ」

最後の一撃は見事に光の魔術を行使していた。

「見事な一撃だ」

「ぼ、僕が……？」

「守る為なら、できるってことだろ？」

まだ信じられないみたいだ。

でも、ここに倒れているヤツらを見れば、今あったことは一目瞭然《いちもくりょうぜん》だ。

これで、狼人《ウエアウルフ》達は全員倒した。

「ミリリカ、後はお前だけだぞ？」

俺とエリルはミリリカに視線を向けた。

「ひっ――」

狼人《ウエアウルフ》達とエリルの戦いを見ていたミリリカの顔が恐怖に歪《ゆが》んだ。

瞬間――ギャラリーが散っていく。

「中々面白い戦いだったな」

「まさか落ちこぼれが勝つなんてな～」

「あ～、エリルの方に賭《か》けておけば今頃は……」

好き勝手いいながら立ち去っていく。

「まっ、待って、誰か――」

助けを求めるミリリカに手を差し伸べる者はいない。

「ミリリカ」

エリルがミリリカに近寄っていくと。

「こ、来ないで」

腰を抜かしたみたいに、ミリリカはその場に尻餅《しりもち》をついた。

「ご、ごめんなさい、エリル。さ、さっきまで言ったことは、全部嘘なの」

「……」

「そ、その証拠に、わ、わたしはあなたに攻撃なんてしなかったでしょ？」

「攻撃することもできず、ただ唖然《あぜん》としてただけじゃないのか？」

「そ、そんなこと……ね、ねえエリル、わたしたち友達でしょ？」

エリルは何も言わず、ただミリリカを見下ろしている。

「そ、そうよ！　こ、これからも、わ、わたしはあなたの友達でいてあげるから、だから」

「友達ってのは、『いてあげる』ものなのか？」

ただ疑問を口にしただけなのに、ミリリカは目を見開き両手で自分の口を覆った。

「ミリリカ――」

「え、エリル待って」

涙と鼻水を流し、醜く表情を歪めたミリリカに。

エリルは片手剣を振り上げ、ミリリカの頭頂部目掛けて勢いよく振り下ろした。

「……ひいいいいいいいいいっ！」

その刃はミリリカに触れる直前で止まっていたが、断末魔の叫びと共にミリリカは失禁した。

そして、そのまま仰向けに倒れ伏してしまった。

自分が切られたと勘違いし気絶してしまったようだ。

「良かったのか？」

「これで十分、罰にはなったでしょ？」

「……殺してしまった方が確実だが」

「マルス……それじゃ退学になっちゃうよ……」

「む……そうだったか」

殺さず懲らしめるというのは難しい。

二度とエリルにちょっかいを出してこなければいいが。

「それに、マルスは甘いと思うだろうけど、やっぱりミリリカと戦うことなんて僕にはできないよ。

だって、彼女の言葉が嘘だったとしても、あの時の僕がミリリカの言葉に救われたのは本当だから」

そんなことを言って、エリルは悲しそうに笑った。

ミリリカはエリルにとって本当に大切な友達だった。

そのことが伝わってくるくらい、その笑みは辛そうで。

「……頑張ったな」

こんな時に、俺は気の利いた言葉一つ掛けられなくて、ただエリルの頭を撫《な》でた。

「……っ――」

堪《こら》えきれなくなったみたいに、エリルの瞳からぶわっと涙が流れて。

「僕……頑張れたかな？」

「ああ」

「マルスが誇れるくらい、頑張れたかな？」

「ああ！」

「でも、僕が弱かったから、マルスに無茶をさせちゃった……」

「無茶……俺は無茶なんてしてないぞ？」

「したよっ！」

胸の辺りを殴られた。

ポコ、というよりはボコ！　だったので結構痛い。

「バカ、マルスのバカ！　どうしてあんなことしたの！」

「あんなこと？」

「マルスだったら、あんなヤツら直ぐに倒せてたはずでしょ！」

（……ああ、俺が何もしなかったことを怒ってるのか？）

「だって、エリルは勝つって宣言したじゃないか。だったら、自分で倒したいだろうと思ってな」

「……それだって、もし僕が魔術を使えなかったら、マルスが危なかったかもしれないじゃない！」

（……危ない……？　――ああ、そういうことか）

多分、エリルは俺を心配してくれたんだ。

俺の為に怒って、泣いてくれてるんだ。

なんだか、申し訳ないことをしたように思えてくる。

もしかしたら、エリルが魔術を使えるようになるかもと、軽い考えでやったことだけど。

「悪かった」

こんなに心配されると思わなかった。

だから、素直に謝罪した。

「本当に悪いと思ってる？」

「ああ。だから、許してくれ」

「……なら……許してあげる」

そう言って、微笑を浮かべる。

「でも、もうあんな無茶しないでね」

「わかった。でも、それを言うならエリルだってそうだぞ」

「え？」

「俺を守る為に無茶をしたんだろ？」

「そ、それは……」

「こんなにボロボロになって、俺だってエリルに傷ついてほしいわけじゃないんだぞ？」

「うぅ……ご、ごめん」

上目遣いで俺を見上げるエリルに、俺は一つ提案することを思いついた。

「だから今回はお互い様だ。でも――次から何かあれば、必ずお互い報告する。無茶をしない。助け合う。それでどうだ？」

「……わかった――約束だね」

そう言って、エリルは俺に右手の小指を向けて。

「？　なんだそれは？」

「指切りだよ。お互いの小指を絡めて約束事をする、約束の誓いみたいなもの」

「誓いを立てるのか。わかった」

そうして俺達はお互いの小指を絡めて――。

「じゃあ、約束だ」

「――うん。僕も」

そう宣言すると、エリルは嬉《うれ》しそうに笑って。

涙が流れたせいか、エリルの頬は少しだけ赤らんでいる気がした。

「――お二人とも、距離が近いです！」

俺とエリルの間に、ラフィがグイッと身体を割り込ませてきた。

そういえば、ラフィを置いてここまで来てしまったんだっけ。

怒っているのか、表情はトゲトゲしく不機嫌そうだ。

「ぁ……」

ラフィに言われ、慌てて身を引くエリル。

ついでに目も逸《そ》らされた。

エリルの頬はまだ赤い。

いや、さっきよりも赤くなっている気がする。

「全くもう。油断も隙もないです」

不服そうに唇を尖《とが》らせるラフィ。

「……お二人とも、お怪我はありませんか？」

しかし、心配はしてくれていたみたいだ。

「ああ。俺は問題ない」

「僕も大丈夫。ちょっとダメージがある程度だから」

あれだけの攻撃を受けたのだから、エリルの身体は痣《あざ》くらいできているだろうけど、その程度なら治癒魔術で直ぐに回復できるはずだしな。

ラフィは安心したのか、ほっと一息吐いた。

「しかし……こいつらどうしたもんかな？」

こいつらというのは、地面に倒れている狼人《ウエアウルフ》たちのことだ。

流石にこのまま放置というわけにはいかないか？

「……ど、どうしよう？」

エリルは苦笑していたが、流石にこのままでいいとは思っていないようだ。

「全員医務室まで運ぶか？」

「マルスさんがそこまでする必要ありません！　ここに放置でいいです」

ラフィのそんな一言で、こいつらを放置することに決まり、俺達は宿舎に帰るのだった。

第四章　エリルの過去

それから宿舎まで戻り、部屋に戻って直ぐ、夕食を知らせる鐘が鳴った。

「エリル、先に食事にするか？」

「あぁ……ごめん。僕はちょっと後にするよ」

「なら、俺は先に浴場に行くから、戻ってきたら一緒にどうだ？」

「わかった。じゃあ、それまでに僕も準備しておくから」

俺は部屋を出て浴場に向かった。

階段を下りて……。

（あ、しまった……）

石鹸《せっけん》を持ってくるのを忘れていた。

既に浴場に着いていたら取りに戻るのも面倒だが、まだ階段も下りてない。

俺は踵《きびす》を返した。

部屋前まで戻り扉を開く。

「――え？」

「は……？」

振り向いたエリル。

上半身は裸だ。

いや、それはいい。

別に何の問題もない。

自分の部屋で服を脱いで何が問題ある。

何もない。

本来は何もないんだ。

何もないはずなのだが――。

「……ぁ……ぁ……」

胸があった。

男なら平たく何も付いてないはずの胸部。

そこに、ふっくらとして柔らかそうな双丘があったのだ。

これは明らかにあれだ。

母性の象徴的なものだ。

これは、つまり、エリルは……。

「エリル、お前――」

「いっ――いやあああ！！！！」

悲鳴。
甲高い女性の悲鳴だ。
エリルの悲鳴。
待て待て、これじゃ俺が何かよからぬことをしたみたいじゃないか。
……いや、してるのか？
俺は今、女の着替えを覗《のぞ》いた変態になるのか？
それはマズい。
変態の汚名など着せられたら、友達作りどころではない。
まず冷静に状況を確認して、エリルに話を聞こう。
「え、エリ――」
「で、出ていってっ‼‼‼‼‼」
――おわっ。
魔石を投げつけられた。
反射的によけてしまった。
すると、次々と何かが飛んできた。
その辺にあるものを、なんでもかんでも投げつけてくる。
今は話をしている余裕はなさそうだ。
そう判断して部屋を飛び出した。

直ぐに扉を閉め、周囲を確認する。
誰もいない。
どうやら騒ぎを聞きつけてやってきた者はいないようだ。
(助かった……)
九死に一生を得た気分だ。
おそらく皆、食堂に行っているのだろう。
もしエリルの悲鳴を聞かれていたら、今頃どうなっていたことか。
「はぁ……」
しかし、まだ安心はできない。
なにせ、今の俺は行き場を失っているのだ。
(これから、どうしたものか……)
宿舎入居二日目にして、住む場所を失った。

〈エリル視点〉

(み、見られちゃった……)
裸を見られた。
マルスの目は、ぼ、僕の胸を凝視してた。

迂闊《うかつ》だった。

狼人《ウエアウルフ》たちにやられた傷を確認しようと、服を脱いだのが失敗だった。腹部に痣ができていて、そのまま治癒魔術をかけようとした。

その時——扉が開いた。

振り返ったら、そこにマルスがいた。

まさかマルスが戻ってくるなんて思ってなかった。

時間は止まったみたいに感じた。

マルスは目を丸くしていた。

その視線の先は明らかに、僕の、僕の胸を見てた。

凝視してた、マジマジと見てた。

バレた。

絶対、確実にバレた。

僕の秘密——僕が女の子だってことがバレた。

どうしよう。

これから、どうしたらいいの？

誤魔化《ごまか》せる？

どうすれば？

あれはマルスの見た幻覚だよ！

そう言えば信じてくれ——そんなの絶対通じるわけない！
何を考えてるんだ僕は！
幻覚の魔術でも使えるならともかく、僕はそんなものは使えない。
そもそも昨日まで、僕は魔術が全く使えなかったわけで。
じゃあどうすればいい？
マルスはこのことを誰かに話す？
だとしたら、僕はこの学院を出て行かなくちゃいけなくなる？
（ダメ……！）
それだけは絶対にダメ。
僕はまだ強くなってない。
もっと強くならなくちゃいけない。
その為に、冒険者育成機関《ここ》に入った。
強くなって、誰にもバカにされないくらい強くなって、認めさせなくちゃいけない。
だから、ここを出て行くわけにはいかない。
ここを出て行く。
その選択だけは絶対にダメだ。
じゃあどうしたら？
落ち着け。

冷静に考えるんだ。
まだマルスに知られただけ。
マルスなら、みんなに黙っていてくれるんじゃないか？
事情を説明すれば、納得してくれるんじゃないか？
さっきは無理に追い出しちゃったけど、あれは僕も気が動転していたからで。
マルスに色々と投げつけてしまった。
もしかしたら、マルスは怒ってるかもしれない。
謝らなくちゃ。
まず会って、謝って。
事情を説明して。
僕のことは秘密にしてってお願いしよう。
そうと決めたら、まずはマルスに会わなくちゃ。
今、マルスはどこにいるんだろう？
まだ宿舎の中にいるだろうか？
いや、もしかしたら——
（もう、学院に報告に行っちゃったかも……!?）
考えが悪い方悪い方へと向いてしまって。
僕は慌てて部屋を飛び出した。

〈マルス視点〉


部屋の前で惚《ほう》けていてもしょうがない。

とりあえず今は、エリルが冷静になるまで待とう。

そう思い俺は階段を下りていく。

(それにしても……)

さっき見たのは夢か幻だろうか？

あの胸部のあれは、どう考えても女にしかないものだ。

(……つまり、そういうことだよな？)

自問自答するが、何をどう考えても答えは一つだ。

エリルの性別は……。

(女だったってことだよな……)

なんで男の振りなんてしているんだ？

何か理由があるのだろうけど、それは本人に聞かないことにはわからない。

時間をおいてからなら、エリルと話ができるだろうから、取りあえずは学食にでも行って時間を潰《つぶ》すか？

(……だが、今日もエリルと一緒に食べる約束をしていたんだよな)

もしかしたら、エリルの機嫌も直って、一緒に食べようということになるかもしれない。

（……夕食が終わるギリギリまで待つか）

その頃には、エリルも部屋から出てくるかもしれない。

とりあえず、どこかで時間を潰そ――……うん？

（なんだ……？）

視線に気付いた。

それも、一人や二人じゃない。

一階にいる生徒たちの視線が、俺に向いているのだ。

「おい、あの人がマルスさんらしいぞ」

「ああ、昨日学食でセイル先輩をのしたっていう……」

コソコソとそんな話し声が聞こえてきた。

「歓迎会と称したイベントでも、セイル先輩を一撃で倒したとか」

「一撃!?　あのセイル先輩を？」

後輩だろうか？

今日の授業であったことを話しているみたいだ。

「ラスティー先輩に喧嘩《けんか》を売ったらしいぜ？」

「ああ。狼人《ウエアウルフ》の生徒たちが何人も犠牲になったとか」

「マジか？　そういえば、まだ学食に先輩たちが来てないよな？」

おい待て、なんで俺が喧嘩を売ったことになってるんだ。

しかも、あの狼人《ウエアウルフ》を倒したのは俺じゃなくてエリルだぞ。

「しかも、ラーニア教官のお気に入りなんだって」

「え……あの炎獄《インフェルノ》の紅の!?」

炎獄《インフェルノ》の紅？

ラーニアって、そんな風に呼ばれてるのか。

二つ名というヤツだろうか？

優れた冒険者は二つ名を有すると聞いたことがある。

誰が付けるという訳ではない。

ただ、噂が噂を呼び、名前が売れた冒険者はいつの間にか二つ名で呼ばれるようになるらしい。

そこまでいけば、一流の冒険者ということなのかもしれないが。

（炎獄《インフェルノ》の紅か……）

ラーニアの赤髪から付いた名前なんだろうなぁ。

それで火の魔術で魔物《モンスター》でも焼き殺したんだろう。

その姿が容易に想像できてしまう。

「あっ……」

そんな想像をしていると、話していた生徒達が俺が見ているのに気付いたようで、

「も、戻ろうぜ」

一人、また一人と俺に会釈し、階段を上がって行った。

「……」

もしかして俺、避けられてるのか？

なんだか脚色されて話が広まってるし。

「ま、いいか」

そんなことより気にしなければいけないのはエリルのことだ。

バタバタバタと物凄《ものすご》い勢いで階段を駆け下りてくる音が聞こえて。

「——ま、マルス!?」

大慌てで階段から下りてきたエリルが、俺の名前を呼んだ。

俺を追いかける為に、部屋を飛び出してきたのだろうか？

「さ、さっきはその……」

「ああ……」

少しばかり気まずさを感じる。

話さなくちゃいけないことは色々あるはずなのに、言葉が出てこない。

まず、さっきのことを謝った方がいいだろうか？

「へ、部屋に、来て」

今までにないというくらい、エリルの声が緊張に満たされていた。

※

俺達は部屋に戻ってきた。

床には俺に投げつけた魔石や魔術書、読書用の本が散らばっていた。

入居二日目にして、惨状という言葉が相応《ふさわ》しい部屋になっている。

「す、少し片付けるね」

あまりにも酷《ひど》いと思ったのか、部屋に戻ってきたエリルの第一声はそれだった。

それから無言で散らばった物を片付けていった。

俺も手伝った方がいいかと思ったが、散らばっていた物は全てエリルの私物だったので、手を出さないでおいた。

見てはいけないものを見てしまって、問題が発生すると面倒だからな。

また悲鳴など上げられたら、今度こそ変質者という不名誉な二つ名を授かることになってしまう。

「とりあえず、これで平気かな」

片付け終わったエリルが一息吐く。

そして俺に顔を向けた。

「……」

「……」

目が合った。しかしお互い言葉はない。
話したいこと、聞きたいことは色々あるはずなのに、言葉が出てこない。
「と、取りあえず、座ろうか」
お互い立ったままだった。
これでは落ち着いて話などできない。
「そうだな」
机から椅子を引き、俺達は腰をかけた。
さて、何から話したものか？
エリルは俯《うつむ》いている。
あの様子からして、何から話すべきか悩んでいるのだろう。
やはり俺から話を振るべきだろうか？
まず何から話す？
性別を確認するか？
エリル、女だったのか？
そう聞いてみるか？
だが、あの様子だとエリルにとってそれは隠したいことのはずだ。
ならば、そこに触れない方がいいだろうか？
それとも、何も見ていないと伝えるか？

真面目にそう伝えようと考えてもみたが。

（……無理だな）

俺の目にはエリルの裸が焼きついている。

無駄に脂肪のない引き締まった身体。

しかし、胸部の乳房だけは女らしくふっくらとしていた。

そして、中心にある淡い桃色の突起。

……はっきり言って丸見えだった。

そのことに気付いていたから、エリルも悲鳴を上げたのだ。

「——ま、マルス！」

不意に、強い語調で名前を呼ばれた。

当然、名前を呼んだのはエリルだ。

「あ、ああ」

逡巡《しゆんじゆん》していたので、生返事になってしまった。

「あ、あのね」

緊張しているのだろうか、続く言葉が中々出てこない。

エリルは唇を震わし、憂色を浮かべている。

「ああ」

今度ははっきりと答えた。

そして言葉を待つ。
正直、俺からはなんて声を掛ければいいかわからなかった。
静謐《せいひつ》な室内。
どれくらい時間が経っただろう?
逡巡を重ねたであろうエリルの瞳《ひとみ》が決意の色を灯《とも》し。
「――お願いします。僕が女の子だってことは、誰にも言わないでください」
頭を下げられた。
やはり、知られてはいけないことだったようだ。
エリルはずっと頭を下げ続けて、顔を上げようとしない。
俺の返事を聞くまで、そうしているつもりなのだろうか?
それだけ必死ということか?
友達に、こんな風に頼みごとをしなくてはならないくらい。
まだ疑問は残っている。
でも、エリルが俺にどうしてほしいのかはわかった。
だから。
「わかった。だから顔をあげてくれ」
理由はまだ聞けていない。
でも、そう答えた。

「……い、いいの？」

顔を上げ俺を見るエリル。

その瞳は淡く潤んでいて、今にも涙が零《こぼ》れ落ちそうだった。

「エリルの頼みだしな」

「よ……良かったぁ。……知られたら、この学院を出ていけって言われるかもしれないから……」

心底安心したみたいに、エリルは顔を綻《ほころ》ばせた。

本気で退学を心配していたのかもしれない。

「だが、女だったって理由くらいじゃ、流石に退学はないんじゃないか？」

ここは実力主義の冒険者育成機関だ。

実力さえあれば、性別なんて些細《ささい》なことではないだろうか？

もし何かあったとしても、罰則があるくらいだと思うが。

「もしならなかったとしても、僕は男として見られなくちゃダメなんだ。女としてここにいても、強くなることなんてできない」

エリルは強くなることにこだわっている。

それは、この学院にいる生徒なら当然だ。

だが、エリルが強さを求める理由は、冒険者になる為とは違うようだった。

『……ある人に、僕が強くなったことを認めてもらいたいんだ』

と、エリルは言っていた。

そのことが、エリルが男であろうとしていることと関係しているのだろうか？

「僕は強くなりたいんだ」

その言葉には、確かな決意を感じる。

強くなりたいという思いは本気なのだろう。

でもなエリル。

「女だから強くなれないわけじゃないだろ？」

「……なれないんだよ」

「なれるさ」

「なれなかったんだ。女の子のままじゃダメだったんだよ」

「俺の師匠《アイネ》は女だったけど、誰よりも強かったぜ？」

「僕はそんな特別じゃないんだ！　僕は……あの時のままじゃ、強くなれなかった！」

エリルは感情を剝《む》き出しにしていた。

その発露する感情の中には、様々な思いがない交ぜになっているように感じる。

「どうしてそう思った？　理由があるんだろ？」

「……話したってしょうがないことだよ」

「嫌なら無理には聞かない。でも、話してもいいと思えるなら、聞かせてくれ」

「……つまらない話だよ」

「それでもいい」

「……どうして……？　聞いてもしょうがないことなのに」

しょうがなくなんてない。

だって。

「俺は友達のことが、エリルのことが知りたい」

正直な気持ちを伝える。

男であるという事が強さだと考えるその理由。

彼女が今のエリルに至った理由を、俺は知りたかった。

真っ直ぐに俺はエリルを見つめる。

そんな俺を見て、エリルは暫《しばら》く逡巡し。

「……かっこ悪くて、情けなくて、悲しいくらい弱い女の子の話だよ」

そう言って、一人の少女の話が始まった。


〈エリル視点〉

物心付く前から、僕にはなりたいものがあった。

それは騎士になること。

誰よりも強い、みんなを守れる立派な騎士になること。

今でも変わらない、それだけが僕の唯一の目標だった。

女の子なのにどうして？

そんなことを言われたこともあった。

その度に僕は。

「おとうさまみたいに、みんなをまもりたいの！」

こう答えていた。

僕の家は騎士の家系だ。

代々多くの騎士を輩出し、その中でも突出して優秀だった僕の父様は、王都の第一騎士団団長を務めたのち、多くの功績が評価され、王直属の近衛《このえ》騎士にまでなった人だった。

父様は僕の自慢だった。

だからだろう。

僕も、気付けば剣を取っていた。

子供の僕に、父様は言ってくれた。

「エリーは剣の才能があるな」

頭をポンポンと撫《な》でて、微笑んでくれた。

才能があると言われたこと。

父様が喜んでくれたこと。

僕はそれがたまらなく嬉《うれ》しくて、毎日休まず剣を振った。

七歳の頃、王都の剣術大会に出場してみた。

大会といっても、同年代の子供だけが参加できる小さい大会だ。
僕以外の出場者はみんな男の子だった。
僕は、父様に無理を言って参加させてもらったのだ。
そして、僕はその大会で優勝した。
剣を振り続けていた成果だ。
「みんな見たか、俺の娘が優勝したぞ！」
父様は周囲にそう言い回った。
「エリーは天才だな！　将来は凄《すご》い騎士になるぞ！」
僕もそのつもりだった。
そうなれると信じていた。
「おとうさまのような、きしになります！」
僕が言うと、父様はいつもするみたいに、ポンポンと頭を撫でてくれた。
その大きな手は優しくて、温かくて、安心する。
僕は父様が大好きだった。
尊敬していた。目標としていた。理想だった。
それからも僕は、時間が許す限り剣の稽古《けいこ》を行った。
父様が時間がある日は、稽古を付けてもらうこともあった。
稽古といっても、ただ父様に剣を受けてもらうだけ。

今思えば児戯のようなものだった。
それでも、僕は満足だった。
少しでも、尊敬する父様に近づけている気がしたから。
「エリーは女の子なんだから、剣よりもピアノや踊りなんてどうかしら?」
母様は時折そんなことを言ってきた。
僕が剣術の稽古に励むのを、あまり好ましく思っていなかったのかもしれない。
「おかあさま、エリーは剣のほうがいいです」
僕がそんなことを言うと、母様は困った顔をした。
でも母様も、無理矢理やめさせようとしたことなんて、一度もなかった。
父様も母様も、僕の気持ちを尊重してくれたのだと思う。
だから僕は剣を振った。
八歳、九歳、十歳。
剣術の大会で優勝したトロフィーが家には並んでいた。
たまに足を止めては、父様はそれを見て微笑んでいた。
僕は嬉しくなった。
さらに剣の稽古に励んだ。
父様が近衛騎士になったのはそのくらいの頃だった。
自慢の父様が、もっと自慢の父様になった。

そして僕は、騎士になるという気持ちがさらに強くなっていった。
あの時の僕は、信じて疑わなかった。
将来、誰にも負けない立派な騎士に——父様みたいな騎士になれると信じていた。
でも。
「っ——」
木剣が弾かれた。
十一歳の剣術の大会でのことだ。
決勝戦で負けた。
初めて負けたのだ。
父様が見ている前で。
「お前、女なんだよな？　なんで剣術の大会なんて出てるんだ？」
相手の子供にそんなことを言われた。
そのことは、今も覚えている。
女だから？
それがどうしたというのだろうか？
この時の僕には、彼の言葉の意図がわからなかった。
でも、その時はただ、負けたことが悔しくて。
涙が出そうになった。

でも、堪《こら》えた。
負けた上に泣いているところなんて、父様に見られたくなかったから。
「エリー、残念だったな」
「え……?」
いつもみたいに、父様はポンポンと頭を撫でてくれた。
でも、それだけしか言われなかった。
稽古が足りないぞ!
切り込みが甘い!
もっと速く動け!
何か厳しい言葉を言われると思っていたのに。
でも、怒られなかったことに安心していた。
それから毎日、今までよりも厳しい稽古をした。
もう悔しい思いはしたくない。
次の大会では絶対に優勝する。
そんな気持ちで剣を振り続けた。
そして十二歳の剣術大会。
「お父様、見ていてください! 私は必ず優勝します!」
父様に誓った。

「そうか。楽しみにしてるぞ」
父様は微笑んでくれた。
今度こそ、絶対に優勝する！
父様に喜んでもらう！
そんな気持ちで臨んだ大会。
一回戦、二回戦と勝ち上がった。
でも、違和感があった。
以前ほど楽に勝てなくなっていたのだ。
あれだけ毎日稽古をして、剣術を磨いてきたはずなのに。
自分は間違いなく強くなっているはずなのだ。
その自覚もあった。
でも、それ以上に周りが強くなっている気がしてならなかった。
そして三回戦。
僕の相手は以前勝ったことのある相手だ。
今まで一度も負けたことはない。
必ず勝てるはず。
そう思い、僕は剣を握った。
始まって直ぐに、相手は切りかかってきた。

剣と剣がぶつかる。

押し返そうとして――でも、相手の剣を押し返せなかった。

そのまま強く押し倒され、僕は倒れ込み、握っていたはずの木剣を落としてしまった。

頭上には剣が見えた。

当たる。

しかしその剣は振られることはなかった。

審判が止め、僕は負けた。

ただの三回戦だ。

優勝する為に稽古を積んだはずなのに、全く結果は奮わなかった。

父様に優勝するって約束したのに。

何がダメだったのだろう?

稽古が足りなかったのだろうか?

でも、これ以上に剣の時間は取れない。

学校で、学問も学ばなくてはいけない。

騎士となるなら文字を読んだり、書いたり、それくらいはできなくてはダメだと父様は言っていた。

宮廷作法も習っている。

貴族の方々にご挨拶《あいさつ》をする際に必要らしい。

これも父様に必要だと言われている。

どうしたらいい？
剣の稽古をする時間は限られている。
呆然《ぼうぜん》としていた僕の頭を、父様はポンポンと撫でた。
いつもみたいに、父様の手は優しかった。
「優勝するって約束したのに……ごめんなさい」
負けても泣かない。
そう決めていた。
でも、涙が溢《あふ》れて止まらなくなっていた。
「エリー……もし辛《つら》かったら、剣はやめてもいいんだぞ？」
泣いている僕を見て、父様はそんなことを言った。
僕は首を横に振った。
父様は、僕が剣術がイヤになったと思ったのかな？
この時の僕は、父様の言葉をそんなふうに捉《とら》えていた。
でもそれが、直ぐに勘違いだと知ることになった。
剣術大会から少しして。
「エリー、これを」
母様がプレゼントをくれた。
髪留めだ。

特にしゃれた感じのない、シンプルな黒い紐《ひも》だった。
これなら動く時に邪魔にならない。
「髪も伸びてきたから、剣を振る時に邪魔でしょ？」
髪は切ってしまっても良かった。
でも。
「エリーの髪は綺麗《きれい》だから、母さんは切らないでほしいわ」
そんなふうに言われて、微笑まれてしまったので、僕は黙ってその紐で髪を括《くく》った。
「似合ってるわ」
母様は嬉《うれ》しそうだった。
僕も、そんな母様の顔が見られて嬉しかった。
だから、いっそう稽古に励んだ。
それから数日後、本家のお祖父《じい》様の屋敷に来ていた。
母様はいない。
父様は僕だけを連れてきた。
母様もくればよかったのに。
その日は親族が顔を合わせ、食事会が行われた。
食事中、お祖父様の厳しい視線が僕に向けられているのがわかった。
作法を間違えたのかもしれない。

それでも、お祖父様は僕に何も言ってはこなかった。

食事が終わって、子供たちは部屋から出された。

大人には、何か難しい話があるのだろう。

親戚《しんせき》の男の子たちは、中庭で剣術の稽古《けいこ》を始めた。

僕も交ざって稽古をしようとした。

「エリー、一緒に本を読みましょうよ」

声を掛けられた。

親戚の少女だ。

何度か顔を合わせたことがある。

「私は、剣術の稽古があるから」

断ろうとした。

「エリー、まだ剣術なんてやってるの？」

「……え？」

「だって、エリーは女の子じゃない？」

そう。

僕は女の子だった。

でも、それがなんだというのだろう？

「淑女は宮廷作法や学問をいっぱい勉強しなくちゃダメだって、お母様が言ってたわ」

彼女の家はそうなのだろう。

僕は父様にも母様にも、そんなことを言われたことはなかった。

「でも、エリーは剣術ばっかり。学問も作法もしっかりやらないとダメよ」

「私は騎士になるの。騎士は読み書きや作法よりも武芸に秀でていることが大事なの！」

最近では学問や宮廷作法も頑張っているつもりだ。

でも、それは騎士になる為だ。

「エリーは知らないの？　女の騎士なんてほとんどいないのよ？」

知っている。

剣術大会にだって女の子はいない。

でも、僕にはそんなこと関係ない。

「それでも私は騎士になるの！」

「でも、女の子は男の子には勝てないでしょ？　男の子より力が弱いもの」

男の子に勝てない。

剣術の大会で、僕は勝てなかった。

それは、女の子だから？

「そ、そんなことないよ！　勝てるもん！」

ムキになっていた。

「でもきっとエリーのお父様やお母様だって、エリーに騎士になってほしいと思ってないよ？」

「そんなことない！」

父様はいつも僕を応援してくれた。

がんばれと頭を撫《な》でてくれた。

母様にだって、騎士になってはダメだなんて一度も言われてない。

剣術の稽古にと、髪留めだってもらったのだ。

「なら、今から聞きにいきましょうよ」

「わかった。いいよ！」

そうして僕たちは、大人たちがいる広間へと向かった。

広間へ近付くに連れ、話し声が聞こえてきた。

「あれは今年で何歳になった？」

「十二歳です」

父様とお祖父様の声だ。

「そうか。もう十二歳か。それで、どこの子息を婿に迎えるつもりだ？」

「……いえ、まだ」

婿を迎える？

（誰が……？）

父様達は何を言っているんだろう？

思わず、その場で佇《たたず》んでしまった。

「エリー？　入らないの？」

少女が不思議そうに僕を見た。

でも、僕の足は動かなかった。

「一刻も早く決めるのだぞ。あれにはなんとしても世継ぎを産んでもらわねばならんからな」

世継ぎ？

「ですが父上、エリーは騎士になりたいと……」

父様はお祖父様に言ってくれた。

僕が騎士になりたいと思っていることを。

「騎士？」

「はい」

「女であるあれが騎士と？」

お祖父様の意外そうな声が広間に響いた。

そして。

「はははははっ」

「ふふ、ふふふふっ」

「あはははっ、それはそれは」

親戚一同が声を合わせて笑う。

バカにしたような笑い声だ。

何がそんなにおかしいというのだろう？

「……お前は、あれが騎士になれると思っているのか？」

お祖父様は笑ってはいなかった。

しかし、その声は今までにないくらい厳しい。

「……」

父様は何も言わない。

「騎士とは楽な道か？」

「……」

父様は、何も言ってくれない。

「自分の子を騎士にしたいのであれば、立派な男子を産んでくださらねば」

「しかし、奥様も子供を産める歳でもないでしょうから、やはり婿を取るべきでは？」

「そうだ。妾《めかけ》でも取ってはいかがです？　妾が男子を孕《はら》めば、お世継ぎの心配もなくなりましょう」

「そもそも、どこの馬の骨とも知れぬ女と結婚などするから」

明らかな嘲笑《ちょうしょう》が、父様に向けられていた。

僕が、女だから？

だから父様は皮肉まじりの嘲笑を受けているの？

だったら許せない。

この場にいる人たちが許せない。

父様を馬鹿にしたことが許せない。

母様を蔑《さげす》んだことが許せない。

でも——何より許せないのは、女に生まれてしまった自身のことだ。

僕が男だったら、こんなことになってなかったんじゃないだろうか?

「ほらね、エリー。やっぱりみんな、エリーが騎士になることは望んでいないのよ」

隣にいる少女は、小声でそんなことを言ってきた。

そうなのだろうか?

僕が騎士を目指すことは、父様や母様に迷惑を掛けることなのだろうか?

「お祖父様たちの邪魔をしては悪いわ。ほら、一緒にお部屋で本でも読みましょう」

手を引かれた。

それでも、その場から動けなかった。

ここで引かれるままに、この場を離れてしまっては、全てがダメになると思ったのだ。

でも、もしも父様が諦《あきら》めろというなら。

その時は——。

「好き勝手言ってんじゃねえ!!!!!!!!!!!!」

不意に、今まで一度も聞いたことがないような父様の怒号が屋敷の中に響いた。

「聞き流そうと思っていたが、口を開けば妻や娘への罵詈雑言《ばりぞうごん》ばかり、これ以上は黙っていられん!」

父様は怒っていた。

家族を蔑んだ者たち全員に。

「父上、エリーは騎士にします！　婿は取らせないし、俺も妾は迎えません！」

父様がお祖父様に言った。

僕を騎士にすると言ってくれた。

それだけで、迷いなど一瞬で吹き飛んでいた。

「お祖父様！」

広間に踏み込んだ。

周囲の視線が僕に集まった。

「エリー……聞いてたのか？」

父様は目を見開いた。

そして、申し訳なさそうに顔を歪《ゆが》ませた。

そんな顔をしないでほしかった。

僕は、本当に嬉しかったのだから。

「私は騎士になります！　婿も取りません！　貴族にも嫁ぎません！」

お祖父様に対してこんなにはっきりとものを言ったのは初めてだったと思う。

周囲の親族たちも驚愕《きょうがく》している。

しかし、それは直ぐに蔑みの目に変わった。

でも、関係なかった。

決めたのだ。

この時になって、僕は本当の意味で決意したのだ。

騎士になりたいのではない。

必ず騎士になると。

僕の誓いを聞いて、父様はどこか誇らしそうだった。

「帰るぞ。エリー」

父様に言われ、部屋を出ようとした。

「待て」

黙っていたお祖父《じい》様が口を開いた。

「……覚悟はあるのだな？」

静かに問われた。

父様にではない。

お祖父様は厳然たる眼差しで僕を見据えた。

しかし、僕の決意は揺らぐことはない。

「はい！」

僕は目を逸《そ》らすことなく言い切った。

「……ならば、好きにせよ」

無理だと言わず。

侮蔑《ぶべつ》することもなく。

命令もせず。

僕は最後に礼をした。

「父上、お元気で……」

父様がお祖父様にそんなことを言った。

その言葉の意味が、まだ僕にはわからなかった。

父様と二人、屋敷を出る。

「エリー、よく言ったな。流石は俺の娘だ」

父様は頭を撫でてくれた。

心地よかった。

でも。

「父様、私は強くなります。誰にも負けないよう、誰にも馬鹿にされないよう強くなります！　そして、父様や母様も守れる騎士になります。だから、もう甘やかさないでください」

父様と母様の庇護《ひご》に甘えている自分ではダメだとわかった。

「私に、強くなる為の術《すべ》を教えてください」

僕の思いを聞いた父様は。

「わかった。子供扱いはやめだ。剣をやめていいとは言わない。エリー、必ず立派な騎士になれ！」

僕の頭に載せた手をどけた。

いつもよりも、父様の力強い笑顔が、はっきりと僕の目に映っていた。
それから、父様の稽古《けいこ》は厳しさを増した。
僕が怪我をする事を承知の上で木剣を打ち込んできた。
当然、本気ではなかったけど、剣を受けてくれただけの頃よりはずっと勉強になった。
何より、父様が本気で剣術を教えてくれること。
僕はそれが嬉《うれ》しかった。
母様はそんな稽古を心配そうに見ていたが、やめさせようとはしなかった。
僕の思いを汲《く》んでくれていたのがわかった。
激しい稽古が終わって家に戻ると母様はいつも笑顔で迎えてくれた。
「汗びっしょり。エリー、お風呂《ふろ》に入ってきなさい」
だから、稽古の様子を見て、火でお湯を沸かしてくれているのだ。
お風呂は傷にしみた。
でも、身体だけじゃなくて、心まで温かくなっていくみたいだった。
お風呂から出ると、母様は髪を梳《す》いてくれた。
「折角綺麗《きれい》な髪なんだから、ちゃんとお手入れしないと」
そう言って丁寧に撫《な》でてくれる。
僕自身は、そんなに綺麗な髪だと思った事はなかった。
だって、母様の白銀の髪はもっと綺麗だったから。

「私も、母様の髪が好きです」

「そう？　ありがとう。でもエリーの方が綺麗よ？」

母様、それは多分、親馬鹿というヤツです。

でも、素直に嬉しかった。


炎節が終わり、白秋が訪れ、少しずつ寒さも強くなってきた頃。

「エリー、魔術の勉強をしてみる気はないか？」

父様にそんなことを言われた。

「魔術ですか？」

「そうだ。剣だけでは、お前は早い段階で壁にぶつかることになる」

心の中がざわめいた。

「強くなれないと言ってるんじゃない。壁はいつか乗り越えられるかもしれない。だがそれでも、お前は魔術を覚えた方がいい」

剣術だけで強くなること。

それが僕の理想だった。

実際、父様はあまり魔術は得意ではなかったらしいが、剣術だけで相当な強さだった。

師匠がよかったなんて父様は謙遜《けんそん》していたが、父様には単純に才能があったのだと思う。

そんな父様が僕は魔術を覚えた方がいいと言った。

つまり、剣術に関しては僕は父様よりも才能がないと宣言されたようなものだった。

「俺は剣術しかできない。お前に教えてやれるのはそれだけだ。だから、これからも剣術は教える」

「魔術は誰に教われば？」

「母さんがいるだろ？」

「母様に？」

「ああ、母さんの魔術は凄《すご》いぞ！　父さんは若い頃、何度も助けられた」

母様が昔、冒険者だったという話を聞いたことはあった。

部屋には何冊も魔術書が置いてあるのを見たことがある。

でも、そんなに凄い魔術を母様が使えるのだろうか？

あの柔和で優しい母様が？

「エリーは俺達の子だから、魔術の才能もあると思うんだ。剣術と魔術、どちらも学んでいけば、きっと強力な武器になる」

父様の言葉に、僕の気持ちは揺れた。

強力な武器。

その言葉に引かれたのだ。

「……魔術を覚えれば、私は今より強くなれますか？」

「勿論《もちろん》。剣術だけで父さんを超えられなくても、魔術も使えたならいつか父さんより強くなれる」

強くなれる。

父様ははっきりとそう言ってくれた。

それが僕の背中を押した。

「わかりました。魔術の勉強をします」

僕は剣術と魔術を、並行して学んでいくことにした。

父様は近衛《このえ》騎士としての仕事もあったから、常に僕に剣術を教えられたわけじゃないけど、時間が空いた時には必ず稽古に付き添ってくれた。

「エリーは魔術の才能があるわね。流石は母さんの娘ね！」

魔術書を片手に授業を行う母様。

僕が一つ魔術を覚える度にそんなことを言っていた。

覚えた魔術は、初級も初級の基本的なことで、教われば誰だってできる魔術だ。

「これなら初級は直ぐに卒業できるわよ」

だとしたらそれは、母様のおかげだ。

母様は時間がどれだけかかっても、僕が納得するまで丁寧に教えてくれた。

僕自身、魔術の勉強は嫌いではなかった。

剣術の方が好きではあったけど、魔術を続けていくうちに、自分に合っているのは魔術だということがわかった。

だからといって、剣術を疎《おろそ》かにするわけじゃない。

剣術も魔術もどちらも努力する。

必要なことは取り入れていく。
そのくらいのことをしなくては。
父様や母様を守れるくらい、強くなると決めたのだから。
それから時間は過ぎ、十三歳。
一年振りに王都で開かれた剣術大会に出場した。
一回戦から厳しい戦いだった。
やはり腕力の差がある。
でも、父様の剣を受けていたお陰で、以前よりは重みを感じなかった。
力が足りないのであれば攻撃を受け流す。
受け止めては力で負けてしまうから。
自分よりも力が強い相手との戦い方はわかっていた。
でも、それでも結果は三回戦で負けた。
奇《く》しくもその相手は去年負けた男の子だった。
「お前、まだやってたんだ？」
そんなことを言われた。
でも、気にしない。
かなり、悔しかったけれど。
「惜しかったな」

試合の後、父様は声を掛けてくれた。

「……ごめんなさい、勝てませんでした」

「魔術を使ってれば、エリーが勝ってたと思うぞ？」

それは僕自身思ったことだ。

距離を離して攻撃魔術を放ってもいいし、補助魔術で身体能力を強化してもいい。

でも、これは剣術の試合なのだ。

「相手に勝つ為の手段はあるんだ。剣術の試合で負けはしたけど、焦る必要はないさ」

そう言って、父様は僕の頭を撫でようとして、

「……か、帰ろうか」

思い出したみたいに、慌てて手を離した。

そんな父様が、ちょっとだけおかしかった。

それからさらに時間は経ち、雪の降る季節になっていた。

「エリー凄いわ！　もう初級の基本魔術はだいたいマスターしちゃったわね！」

魔術の勉強を始めてだいたい一年くらいだろうか？

母様は、そろそろ中級の魔術を教えられると張り切っていた。

「エリーは火と光の魔術適性が高いみたい。だから中級はその二つを中心に教えていこうと思うの」

新しい魔術が覚えられると思うと、少しだけわくわくしていた。

母様も凄くはりきってくれていた。

剣術の方も少しずつ進歩はしていた。

でも、まだまだだった。

父様の使う流派は剣涯《けんがい》流と言うらしいのだが、僕はそれを教えられる段階でないらしい。

父様自身、師匠の下を途中で去っているから半分は自己流らしい。

それでも、父様が使う剣の流派を早く教えてもらいたかった。

それを伝えると。

「焦るな。エリーはちゃんと強くなってるよ」

はぐらかされてる気がした。

でも、確実に自分は強くなっている。

順調だと思っていた。

でも、全てがうまくいくことなんてないと知った。

平穏は、一瞬で消え去るのだ。


冬が終わり草木が芽吹き始める頃。

この日は遅くまで剣を振っていたので、陽は既に落ちきっていた。

いつもなら出迎えてくれるはずの母様がいなかった。

部屋の灯《あか》りもついていない。

「母様？」

呼んでも返事はなかった。
僕は母様の部屋に向かった。
――バタン。
物音が聞こえた。
母様の部屋からだ。
扉を開くと。
「……え」
母様が倒れていた。
人影――それを見下ろす男がいた。
部屋が暗く、顔は見えない。
でも、物語に出てくるような暗殺者《アサシン》を想像させられる姿をしていた。
「か、母様……！」
男の目が僕に向けられた。
「……子供か」
男が僕に近付いてきた。
それだけで、恐怖で身体が竦《すく》んだ。
この男と戦ってはダメだ。
戦えば確実に殺される。

直感で理解できた。
母様を助けなくちゃいけないのに。
でも——全身が訴えてくる。
逃げろ。
逃げろ！
逃げろ‼
逃げろ逃げろ逃げろ逃げろ逃げろ逃げろ逃げろ！
全身が訴えてくる感覚。
でも——。
それでも——。
——守ると誓ったんだ！
父様と母様を！
本能を無視して、僕は、その男に魔術を放とうとして——何かが煌《きらめ》いた。
それは白銀の剣だった。
気付くとそれが、僕の首元につきつけられて——。
僕は死を覚悟した。
強くなる為に努力してきた。
守れるようになる為に努力してきた。

騎士になる為に努力してきた。

なのに、僕は何もできずに死ぬのか。

後悔の念が渦巻く。

しかし、死の瞬間は訪れなかった。

「っ――」

苦悶《くもん》の声。

男の持っていた武器は弾かれ、宙を舞っていたのだ。

僕の目の前には大きな背中があった。

その背中は。

「と、父様……!?」

「……」

父様だった。

父様が剣を構え、相手の男と対峙《たいじ》している。

「……エリー、逃げろ」

こちらに振り向かず、父様は言った。

その低く鋭い声に、余裕は一切感じられない。

「逃げろと言ったっ!!!」

「っ――」

命じられるままに、僕は走った。
振り向かず。
ただ、走った。
怖かった。
殺されることがじゃない。
父様と母様を失ってしまうんじゃないか。
それが恐ろしくて仕方がなかった。
あの男は強い。
僕より強い。
もしかしたら、父様よりも。
いや大丈夫だ。
父様なら大丈夫だ。
願った。
一生の願いだ。
これから死ぬまで、何の願いも聞き届けられなくていい。
もしも父様と母様が助かるなら、僕はもう何を失ったって構わない。
だから、神様、お願いします。
神に願うことしか、僕にはできなかった。

恐怖を振り払うように。

ただ無我夢中で走り続けた。

それでも——僕は逃げきることはできなかった。

気付けば、男は僕に迫っていた。

父様はどうなったの？

母様はどうなったの？

「……お前、ヤツらの娘か？」

その声を聞いただけで、身体が動かなくなっていた。

「そうか。娘か。どうだ？　俺が憎いか？　父を殺され、母を殺され、俺を殺したいか？」

死んだ？　父様が？　母様が？

刹那《せつな》——黒い感情が心を支配していく。

「そうだろうなぁ。だが、お前は俺を殺せない。残念だったなぁ。両親も殺されたあげく、何もできずにいる。だがしょうがねえよな。戦いの場じゃ、女なんてそんなもんだ。ただ犯され、蹂躙《じゅうりん》され、最後には殺される」

男は僕の目の前に拳《こぶし》を突き出し、その手を広げた。

すると白銀の髪が零《こぼ》れ落ちた。

それは母様の髪だった。

美しかった母様の髪を、こいつは切ったのか？

許せない。許せない。なのに、声すら出せない。

殺したい。この男を殺したい。

僕の心は怒りで悲鳴を上げていた。

それなのに、こいつの言う通りだ。

僕は何もできない。

怒りの感情は灯《とも》っているのに、恐怖で身体が竦んでいる。

「お前の母親もそうだったよ。何もできずに死んでいった。可哀想になぁ……。全部女に生まれたのが悪いんだ」

女だから？　女だってことが悪いの？

「でも良かったなぁ。お前は殺さないでおいてやる。お前はこれから死ぬまで、俺に恐怖して生き続けるんだ。俺はずっとお前を見ている。俺が大人になったお前をいつか犯しにいくかもしれない。そして最後にはお前の両親のように呆気《あっけ》なく殺されるかもしれない。お前がこれから永遠に、俺という恐怖に脅《おび》え竦み上がる姿を楽しませてもらう。だから――俺はお前を殺さない」

男の言葉を聞くだけで、僕の心は恐怖で支配されていく。

怖い。

それはまるで刷り込みのように。

「また、必ずお前に会いにくる」

その一言を最後に、意識は途絶えた。


気付くと、僕は王都の騎士団に保護されていた。

この時、僕が伝えたことは支離滅裂だったかもしれない。

それでも必死だった。

父様と母様を助けてほしかった。

まだ間に合うかもしれないと信じていた。

だから、混乱する頭で必死に伝えた。

僕の尋常ではない様子を見て、父様の部下だったという騎士が直ぐに家に駆けつけてくれた。

でも……その時にはもう、全てが遅かった。

その後に僕が見たのは、父様と母様の亡骸《なきがら》だった。

僕は一人になった。

父様も母様もいなくなった。

全てがどうでも良くなった。

何が悪かったのだろう？

僕が弱かったからいけなかったの？

あの時僕がもっと強ければ、父様と母様は助けられたの？

頭の中で終わらない自問自答を繰り返す。

結局、答えはでなかった。
葬儀が行われた。
父様の部下だった人。
母様の友人。
王都の住民。
多くの人が二人の死を悲しんだ。
でも、その場に親族は誰一人として姿を見せなかった。
「まだ娘さんも小さいのにね」
「……嫁ぎ先は決まってるのかしら?」
そんな会話が聞こえた。
どうでもよかった。
葬儀は終わった。
墓石の前に、僕は佇《たたず》んでいた。
この中に、父様と母様がいる。
涙は出てこなかった。
もし僕が死ねば、父様と母様に会えるのかな?
そんな考えが頭を過《よ》ぎった。
でも、死ぬことすらどうでもよくなっていた。

一人ぼっちになった屋敷。

誰も頼れる者などいない。

そう思っていた。

ある日、身寄りのない僕を引き取りたいという人が現われた。

「エリー」

その人は僕の名前を呼んだ。

聞き覚えのある声だ。

一瞬、父様の声だと思って顔を上げた。

「わしがわかるか？」

「……おじい、さま？」

お祖父様《じい》だった。

「……何をしている？」

「……なにって？」

お祖父様は僕を見ていた。

その瞳《ひとみ》に厳しく見据えられた。

「騎士になるのではなかったのか？」

「……騎士？」

騎士になりたかった。
なりたいと思っていた。
父様のような立派な騎士になりたかった。
「……誓ったのではなかったのか」
騎士になる為に、母様に魔術を習った。
僕が魔術を覚える度に、母様が嬉《うれ》しそうな顔をしてくれた。
「騎士になるのだろ」
剣術の稽古《けいこ》をつけてくれた父様の顔が思い浮かんだ。
僕が剣術の大会で優勝する度に、自分のことのように喜んでくれた。
棚にトロフィーを並べて、それを見て微笑んでいた。
僕は——騎士になりたかった。
父様と母様を守れる——みんなを守れる騎士になりたかった。
約束した。
立派な騎士になると誓った。
父様も母様も、今はもういない。
それでも——この誓いはまだ消えてない。
「……こんなに弱いままじゃ、騎士なんてなれません」
強くなる、誰よりも強くなる。

今度こそ、大切な者を守れるくらいに強くなる。
「……お祖父様、私はどうしたら強くなれますか？」
剣術を教えてくれた父様もいない。
魔術を教えてくれた母様もいない。
強くなる為にはどうしたらいい？
最速最短で強くなるには、どうしたらいい？
あの男から全てを守れるくらいに強くなるには、どうしたらいい？
『戦いの場じゃ、女なんてそんなもんだ。ただ犯され、蹂躙され、最後には殺される』
ふと、あの男の言葉が脳裏をかすめた。
途端に、自分が女であることが許せなくなった。
もしも僕が男だったら、少しは違った結果が生まれたのだろうか？
逃げずに戦い、両親を守れたのだろうか？
そう思うと後悔してもしきれない。
「僕は強くならなくちゃいけない」
何もできなかった女の子が、男になろうと決意したのはこの時だった。
弱くて何もできない、あのままの自分でいたくなかった。
女であることが弱い理由になるのなら、女であることを捨てればいい。
そう思った。

お祖父様は僕を見据え。

「ユーピテルという、冒険者の育成機関がある」

「ユーピテル？」

初めて聞く名前だった。

「冒険者を目指し、多くの優秀な人材が集まるらしい。その学院に入れば、今のお前よりはいくらかマシになるかもしれん。が、今のお前では到底入学などできんだろうな」

強くなる方法がわからない僕は藁《わら》にも縋《すが》る思いで話を聞いた。

魔王を倒した英雄が学院長を務め、大手ギルドで活躍する冒険者が教官を務める学院。

入学試験も難しく、合格者も少ない。

卒業できる者すら限られている。

ただし、卒業することができれば、大手ギルドや王都の騎士団へ入団することができるくらいの実力が身に付くとされている冒険者を育成する為の機関。

そこを卒業できたら、僕も強くなれるだろうか？

いや――違う。

必ず強くなるんだ。

「お祖父様、父様と母様のところに行ってきます」

久しぶりに外に出た。

向かったのは、父様と母様が眠る場所。

「父様、母様、僕は二人に認められるくらい強くなります。必ず強くなります」

二人の眠るこの場所で誓った。

強くなると誓ったばかりなのに、涙が溢《あふ》れ出て。

でもこれが、僕の中で父様と母様が死んでしまったことを初めて受け入れられた瞬間だった。

その後、僕はお祖父様の下で二年間、剣術と魔術の修行を重ね。

そして十六歳になる年に、ユーピテル学院の入学試験に合格した。


〈マルス視点〉


「……聞いてもしょうがなかったでしょ？」

話を終えて苦笑するエリル。

その姿はどこか痛々しく、その顔色は蒼白《そうはく》に変わっていた。

相手の過去を知りたいと思うのは、俺の傲慢《ごうまん》だったろうか？

「そんなことはない。エリルのことを知ることができた。エリルにとっては思い出したくない話だと思うが」

「話すと決めたのは僕だし……忘れたことなんてないから。それが、この学院に入る理由に繋《つな》がったんだからね」

「エリルは、強くなってその男に復讐《ふくしゅう》をしたいと思ってるのか？」

「……もし、あの男が目の前に現われたなら、復讐を考えるかもしれない」

考えるかもという事は、復讐はエリルにとって一番の目的ではないということだ。

「復讐は一番の目的じゃないんだな？」

「うん。僕は復讐する為の力が欲しいんじゃない。みんなを守る為の力が欲しいんだ。大切なものを守り抜く力が欲しいんだよ」

復讐の為の力。エリルがそれを求めたなら、魔術で相手を殺す事に躊躇《ためら》いすら覚えなくなっていたかもしれない。

だが、エリルは相手を傷付けることを怖がっている節《ふし》がある。

それはエリルの両親が殺されたことが切っ掛けかもしれない。

そして、魔力暴走の事故で相手を殺しかけたことがその恐怖に拍車を掛け、魔術が行使できなくなった。

これらは俺の勝手な推測になるが、エリルが魔術を行使できなくなった原因は、これら全てが絡み合った結果だったのではないだろうか？

「エリルは、守る為なら敵を殺せるか？」

「……え？」

「殺せないよな？」

「……そんなこと、わからないよ……」

エリルの顔は苦悶《くもん》に歪《ゆが》んだ。

想像したのだろう。

自分が誰かを手にかける瞬間を。

「誰かを守りたいなら、誰かを殺さなきゃいけない時がいつかくるかもしれない」

「……殺さなくても、守ることはできるよ」

「実力差があればそれも可能だろうな。だが、ギリギリの戦いでそんな事を考えていたら、お前はまた何も守れずに死ぬぞ？」

はっきりと告げた。

だが、今のエリルでは何も守れない。

強くなる為の覚悟は済んでいる。

守る為に強くなるという目標もある。

でもたとえそうだとしても、戦いで相手を殺す覚悟がなければ死ぬのは自分だ。

掲げている目標、やってきた努力は、全て無駄に終わる。

「強くなりたいなら、守りたいなら絶対に迷うな。覚悟を持て」

「覚悟を……」

「それさえできれば、エリルは今よりもっと強くなれる」

「……わかった。覚えておくよ」

重々しく、エリルは頷《うなず》いた。

「それと――いや、これはいいか」

本当はもう一つ伝えたいことがあったが。

「言いかけたなら、最後まで話してよ」

口に出さなければ良かった。

これは言うか迷っていたのだ。

それは、エリルに残された呪いの言葉についてだ。

呪い――といっても呪術《じゅじゅつ》の類《たぐい》ではなく。

エリルの両親を殺した男が残した呪詛《じゅそ》。

それが大きな原因となり、エリルは女だから強くなれないと思い込んでしまった。

でも、それも間違いだ。

実際、女だから強くなれないという事はない。

男女の身体能力の差など、魔術や魔法、技能《スキル》や戦闘技術の優劣と比べれば些細《ささい》なことなのだ。

身体能力の差を気にしていたら、そもそも人間《ヒューマン》は狼人《ウエアウルフ》などの獣人族に及ばない。

だからこそ戦いにも技がある。

柔よく剛を制す。というヤツだな。

だから性別なんて関係ない。

なのにエリルは、男のふりをすることで強くなった気でいる。

自分を偽ったままでは、本当の強さなんて得られるわけないのに。

だってそれは、自分と向き合う事を拒絶しているから。

自分と向き合い、自分を知る。

自分の強さ。

自分の弱さ。

その両方を知らず、どうやって強くなれる？

弱いという事は、強くなれる可能性があるということ。

弱さを知らずに、強くなんてならない。

エリルの強くなりたいという気持ちは本物だろう。

だからこそ、弱さと向き合ってもらいたい。

力だけじゃなく、心も。

悩んだ末に――俺は話すことを決めた。

「強くなりたいのなら男のふりをやめた方がいい。お前は女だ」

エリルの瞳《ひとみ》が大きく見開かれた。

「……マルス、僕の話を聞いたよね？」

静かな声だった。

だが、そこには確かな怒りが含まれている。

「ああ、聞いた。だから言う。お前は女だ」

「僕は……男だよ」

そう簡単に認められるわけないよな。

何年間も、そうやって自分と向き合う事を拒絶してきた。

エリルの両親を殺した男の呪いによって。

でも、その呪いに縛られるのはもうおしまいだ。

「なら、ここで脱いでみろよ」

「っ――」

エリルの銀色の瞳が揺れた。

一目でわかるくらい身を固くしている。

「できないだろ?」

「……できるよ」

「俺に裸を見られて、悲鳴を上げたお前がか?」

「あ、あの時は、突然だったから」

エリルはどうしても認めたくないのだ。

女だという事実を拒絶したいのだろう。

全てを、女だったせいにして、逃げているんだ。

「突然?　男が男に裸を見られて悲鳴をあげるか?」

「びっくりしたら、誰だって悲鳴をあげるでしょ?」

「なら、今は突然じゃないよな?」

「……」

エリルは、ゆっくりと服に手を掛けた。

ボタンを外そうとした指先は震えている。

「怖いのか？」

「怖くなんて……！」

そう否定しても、エリルの身体は震えている。

「女なんて何もできない。ただ犯され、蹂躙《じゅうりん》され、殺される」

「っ——」

これが、彼女にとっての呪詛の言葉だ。

「犯されるのが恐いのか？　蹂躙されるのが恐いのか？　殺されるのが恐いのか？　女だから、何もできないのか？」

エリルは何も言わない。

俺はさらに捲《ま》くし立てた。

「そんなヤツの言葉に負けるな。女だから強くなれないなんて思うな。女だから弱かったと、自分を偽るな」

エリルの瞳は揺れている。

でも、目を逸《そ》らそうとはしない。

俺は続けて言った。

「自分と向き合え」

エリルを縛る呪いを断ち切る為に。

「性別なんて関係ない。ただ弱かったから、お前は誰も守れなかったんだ」

ただ、真実だけを告げる。

「その事実をちゃんと受け止めなくちゃ、強くなんてならない」

「……っ――」

悔しそうに歪んだエリルの表情。

でも、次第に、感情が抑えきれなくなるみたいに、

「わかってる。……そんなことわかってるよ！」

ポロポロと涙が流れていく。

「僕が弱かったせいで、父様と母様が死んだのなんて、わかってるよ！　そんなこと――とっくに、わかってたよ！」

それでも偽らなくちゃいけない理由があったのかもしれない。

「……だから強くなりたかった。今度こそ、大切なものを守れるくらいの力が欲しかった。でも、今のままじゃ強くなれるかわからなかった。どうしたら強くなれるか、あの時の僕にはわからなかった。だから、弱い理由が欲しかった。強くなる為に、弱い理由が欲しかった。その時に、あいつの言葉が聞こえた。女は戦いの場で役に立たない。その言葉は甘言のように僕の心を侵してきた。それを捨てれば、強くなれると思えた」

女であることが弱い理由。

なら、男になれば強くなれる。

そう思うことで、もしかしたら彼女は立ち直れたのかもしれない。

でも。

「このままじゃ、お前は絶対に壁にぶつかる。その時にまた自分を偽るのか？　今度は何のせいにするんだ？」

「……それは……」

「目を逸らさず向き合ってみろよ。自分の弱さ一つ一つと。そうしたら、今よりお前は強くなれる」

俺が言うと、エリルは愚直だと思えるくらい真っ直ぐな眼差しを向けて、

「……僕に、できるかな？」

「できるよ。ゆっくりでもいいんだ。少しずつでもいい」

「……少し、ずつでも……」

エリルはしっかりと、俺の言葉を受け止め。

「……ゆっくりでも、少しずつでもいいから、前に進みたい」

「きっと進める」

そうしてエリルは精悍《せいかん》な面持ちで頷いて。

「……うん。切っ掛けは得られた。だから——」

エリルは自分に言い聞かせるみたいに言った後。

「マルス、僕は決めたよ！　今日——最初の一歩を踏み出してみせる！」

勇猛に思えるほど勢い付いて立ち上がり、精悍な瞳が俺を捉《とら》えたかと思えば。

「僕は、これから行くところがあるから」

エリルは颯爽《さっそう》と扉に向かった。

「これからか？」

「うん。大事なことだから」

最初の一歩を踏み出すとエリルは言ったが、具体的には何をするつもりなのだろうか？

「良かったら、俺も一緒に行くが？」

「ううん。僕一人で大丈夫。今から踏み出す一歩は、僕なりのケジメだから」

「……そうか」

エリルの中に確固たる決心があるのなら。

「気をつけてな」

「うん。遅くなるかもしれないから、先に寝てていいからね」

「わかった」

そうして、エリルは部屋を出て行った。

考えてみれば、俺は部屋を変えてもらった方がいいんじゃないだろうか？

まぁ……それはエリルが戻ってきたら相談してみよう。

そう決めていたのだけど。

でもその日――エリルが部屋に帰ってくることはなかった。

エピローグ　友達

朝——ベッドから下りてエリルの寝床を確認してみたが、帰ってきた形跡はない。

もしかしたらもう学院に向かったのではないか？

そう考え、直ぐに着替えて宿舎を出た。


教室に着き、周囲を見回す。

早朝の教室にはまだ誰もおらず——当然のようにエリルの席も空っぽだった。

ただ時間が過ぎていき、次から次に生徒達が教室に入ってくる。

だが、その中にはエリルはおらず。

授業が始まるまで、まだ少し時間があると思うが、真面目なエリルの性格からして、ギリギリに教室に来るとは考えにくい。

何かあったのだろうか？　と考えていると。

ちょこん。と、ラフィは俺の隣、エリルの席に腰を落とした。

「おはようございます！　マルスさん」

「ああ、おはよう」

明るい挨拶《あいさつ》をしてくれたラフィに、俺も挨拶を返した。

「マルスさん……ラフィはショックを受けています！」

「？　どういうことだ？」

「やはりそうではないかと思っていたんです。あの匂いからして……」

ラフィが何を言いたいのか、具体的な部分が抜け過ぎている為わからなかったが、それでも彼女が何かを不服に思っているということだけは伝わってきて。

「俺が力になれることなら手を貸――」

カーン、カーン――と、俺の言葉を遮るように鐘が鳴った。

「マルスさん、ラフィは負けませんから！」

ラフィは長い兎耳をピンと立て、白くて丸い尻尾《しっぽ》をふりふり揺らし自分の席に戻っていった。

（……しかし、彼女は一体、何に負けないと張り合っていたのだろうか？）

そんなことを考えていると。

「あんた達、さっさと席に着きなさい」

ラーニアが教室に入ってきた。

そして、教壇に立つと室内を見渡し、その視線はエリルの席の上で止まった。

ニヤッ――。

その後に俺を見て、ラーニアはなぜか微笑んだ。

それはとても意味深な顔で。

「授業を始める前に、伝達事項が二つあるわ――一つは自主退学者が出たわ」

クラス中がざわめき立った。

誰が？　と生徒たちは教室を見回す。

空いている席は二つ――エリルとミリリカの席だ。

様々な憶測が生徒達の間で飛び交っているが、ラーニアは気にする様子もなく口を開き。

「もう一つは、このクラスに一人、編入生が入ることになったわ」

誰もが予想もしなかった言葉を口にし、ただでさえ騒然としていた教室がさらにざわついた。

「入ってきていいわよ」

「失礼します」

凛《りん》とした心地良い声と共に、一人の少女が教室に入ってきた。

背筋をピンと伸ばし、ラーニアが立つ教壇の傍に立つ。

一目で美しいとわかる佇まいに、周囲の生徒達が息を呑《の》んだのがわかった。

「エリシャ・ハイランドです」

エリシャ・ハイランドと名乗った少女。

女性にしては高身長で、絹のように繊細で美しい銀髪を黒い紐《ひも》で後ろに束ねていた。

凛々《りり》しく利発そうな銀の瞳《ひとみ》と、非常に整った顔立ちは、全てが黄金比で設計された作り物のようだった。

正に容姿端麗という言葉の似合う美少女だ。

俺はエリシャ・ハイランドという人物とは初対面だ。

恐らく、クラスの全員が初対面だろう。

しかし、この少女が誰なのかを俺は知っていた。

「それじゃ『エリシャ』。あんたは『エリル』が使ってた席に座りなさい」

「はい」

言われるまま、エリシャはエリルの席、俺の隣に座った。

「よう」

俺はエリシャに声を掛けた。

「は、初めまして。エリシャ・ハイランドです」

改めて自己紹介する麗しの少女が、その美貌《びぼう》を微笑させた。

だが、彼女の瞳は俺を真っ直ぐに見ようとはしない。

頬は紅でも差したように赤く、そわそわと落ち着かない様子で、不安そうにちらちらと俺の顔を見ている。

もしかしたら、エリシャは怖いのかもしれない。

（……きっと、勇気を出したんだろうな――）

最初の一歩を踏み出した――そんな彼女の勇気に応《こた》える為に。

「初めまして、マルス・ルイーナだ」

今度は俺から手を差し伸べた。

これは『エリル』が教えてくれたこと。

「え――」

おっかなびっくりした様子のエリシャが、初めて俺の目を真っ直ぐに見た。

「エリシャ――俺と友達になってくれるか？」

「あ……」

差し出したその手を、エリシャはしっかり握りしめて。

「うん。なる。なりたい」

そう言って、エリシャは本当に嬉《うれ》しそうな顔を俺に向けてくれた。

「マルス、また僕と――ううん。本当の私と――友達になってくれますか？」

聞かれなくても、俺の返事は最初から決まっている。

「ああ、友達になろう」

エリシャの目から涙が流れた。

でもその涙は悲しい涙ではなくて。

嬉しいから流れた涙なんだと、俺に向けられた最高の笑顔が確かに教えてくれていた。

あとがき

この度は拙著『職業無職の俺が冒険者を目指すワケ。』を手に取ってくださり、本当にありがとうございます。作者のスフレと申します。ご存じの方もいらっしゃるかもしれませんが、この小説はＷＥＢ小説『職業無職の俺が冒険者を目指してみた。』を改稿したものになっています。
ＷＥＢ版から変更された点も多いですが、いい点を残しつつより面白いものに仕上がるよう修正を加えておりますので、それぞれの違いを見比べていただくのも面白いのでは？　と思っております。

あとがきから読まれる方もいると思いますので、あまり物語の内容には触れませんが、この物語のコンセプトだけでもお話しさせていただこうと思います。この物語のコンセプトは『友達』です。主人公であるマルスは友達いない歴＝歳の数という少年です。それは彼が特殊な環境下で生きてきたからという理由はあるのですが、そんな友達のいなかった少年が無茶苦茶やりつつ、友達を作り、友達って何かを知っていく。そんな物語になっています。様々な過程を経て、精神的にも少しずつ成長していくマルスたちを見守っていただければ幸いです。

作者自身、常に人間関係に右往左往し頭を悩ませておりますが、生きていく上で一番大変なのは常に人間関係だよなぁと思うわけで、それは学校生活でも社会に出てからも変わらないんですよね。

ですが、人間関係というのは不思議なもので、どれだけ面倒だと思ったり嫌気が差したりしても、どこか求めてしまうといいますか、やはり生きていく上で切り離せないものだとも思っています。こんなにわからないだらけなのに必要不可欠なんだから、人間関係って難しい！

リアルコミュ障の作者がこんなことを書くと、ちょっと痛い自己紹介が出来上がってしまうので、そろそろ謝辞に移りたいと思います（苦笑）。

イラストを担当してくださった猫猫《ねこびょう》　猫《ねこ》先生、素敵なイラストで物語を彩っていただき本当にありがとうございます！　キャラクターの魅力が引き立つばかりか、作者の気力までも全力全開になりました。書けないときはイラストを見て自分を奮い立たせています（笑）。

担当の萩原《はぎわら》様。何度も繰り返し打ち合わせに付き合っていただき、この物語はより魅力的なものになったと思っています。本当に感謝しております。

また、この小説が世に出るまで尽力してくださった関係者の皆様に、深く感謝致します。

そして何よりも、この小説を手に取りここまで目を通してくださった読者の皆様に、最大の感謝を。

本当にありがとうございます！

スフレ

お便りはこちらまで

〒102－8584
カドカワBOOKS編集部　気付
スフレ（様）宛
猫猫 猫（様）宛

カドカワBOOKS

職業《しょくぎょう》無職《むしょく》の俺《おれ》が冒険者《ぼうけんしゃ》を目指《めざ》すワケ。

平成28年2月15日　初版発行

著者／スフレ

発行者／三坂泰二

発行／株式会社KADOKAWA
http://www.kadokawa.co.jp/

〒102-8177
東京都千代田区富士見2-13-3
電話／03-3238-8521（カスタマーサポート）
03-5216-8538（編集）

印刷所／旭印刷

製本所／本間製本

※定価はカバーに表示してあります

落丁・乱丁本は、送料小社負担にて、お取り替えいたします。
KADOKAWA 読者係までご連絡ください。
（古書店で購入したものについては、お取り替えできません）
電話 049-259-1100（9：00～17：00／土日、祝日、年末年始を除く）
〒354-0041　埼玉県入間郡三芳町藤久保550-1

Printed in Japan
ISBN 978-4-04-070848-5 C0093

新文芸宣言

かつて「知」と「美」は特権階級の所有物でした。

15世紀、グーテンベルクが発明した活版印刷技術は、特権階級から「知」と「美」を解放し、ルネサンスや宗教改革を導きました。市民革命や産業革命も、大衆に「知」と「美」が広まらなければ起こりえませんでした。人間は、本を読むことにより、自由と平等を獲得していったのです。

21世紀、インターネット技術により、第二の「知」と「美」の解放が起こりました。一部の選ばれた才能を持つ者だけが文章や絵、映像を発表できる時代は終わり、誰もがネット上で自己表現を出来る時代がやってきました。

UGC（ユーザージェネレイテッドコンテンツ）の波は、今世界を席巻しています。UGCから生まれた小説は、一般大衆からの批評を取り込みながら内容を充実させて行きます。受け手と送り手の情報の交換によって、UGCは量的な評価を獲得し、爆発的にその数を増やしているのです。

こうしたUGCから生まれた小説群を、私たちは「新文芸」と名付けました。

新文芸は、インターネットによる新しい「知」と「美」の形です。

2015年10月10日
井上伸一郎